Arnold Stadler · *VOLUBILIS*

Arnold Stadler

VOLUBILIS
oder Meine Reisen
ans Ende der Welt

Erzählungen

EDITION ISELE

Alle Rechte vorbehalten
© Edition Isele, Eggingen 1999
Umschlaggestaltung: Thomas & Thomas
Design, Heidesheim, unter Verwendung des
Bildes »Untitled Blue« (1960) von Mark Tobey
Druck: Fuldaer Verlagsanstalt
ISBN 3-86142-136-4

Inhalt

»VAMOS COM DEUS«
AUSFLUG NACH AFRIKA
für Christel Sennewald
zur Erinnerung an Portugal

Ausflug nach Afrika

*Es wäre besser, von Afrika zu träumen,
als seinen Fuß an Land zu setzen. –
Ganz sicher, sagte Jayne, aber es ist ein
Kindheitstraum, und ein Kindheitstraum
steht nicht zur Diskussion.*

Hervé Guibert, »Das Paradies«

Das Unglück zuhause rührte allein von daher, glaubte ich, daß bei uns im Hotzenwald keine Palmen wuchsen. So war ich schon als Kind unter ein Palmenposter geflüchtet und unter ihm, von der Viehverladearbeit weg, unter den Palmen von Samoa hinweggeschlafen. Oft kamen Palmen vor in meinen Träumen. Von den sieben Jahren, die ein Mensch durchschnittlicher Lebenserwartung träumt, habe ich bestimmt ein Jahr mit Palmen und dem Meer verträumt.

Onkel Engelbert, der gegen das Schöne war und den Garten hinter dem Viehstall in einen reinen Nutzgarten verwandelt hatte, war erst recht gegen alles *Artfremde* in Obstgarten und Privatwald. Gewiß von da rührte meine flucht-artige Liebe zu den Palmen und den Gestaden und Urwäldern Afrikas, die allerdings gerade von mir so phantastisch weit entfernt waren, daß ich in meinen jungen Jahren keinerlei Hoffnung hatte, über meinen Posterstrand hinweg tatsächlich einmal dorthin zu gelangen. Ich war schon soweit, daß ich mir diese Reise fürs Paradies aufgespart hatte.

Der böse kleine Onkel, der bis zuletzt immer das letzte Wort hatte als Entschädigung dafür, daß er sich keine Frau genommen oder eine solche bekommen hatte, wollte eine *artfremde* Bepflanzung verhindern bzw. rückgängig machen und führte höchstselbst mit einer berser-kerhaften Wut wie gegen Menschen die Motor-sägekommandos gegen alles *Artfremde* an, das ein, zwei Generationen zuvor gepflanzt worden oder von selbst dort gewachsen war. Er dirigierte meine Brüder in diesem Weltanschauungskrieg gegen *artfremde* Birken, Blautannen, Koniferen oder noch schlimmeren südlichen, gar afrikanischen und am Ende asiatischen Wildwuchs. Dieses gewalttätige Vorgehen fand, zu meinem Schmerz, gerade während der Karwoche statt, als ich vom Internat aus auf Heimaturlaub war, und zwar am evangelischen Karfreitag, an dem ein Hotzenwälder Katholik bis zum Einbrechen der Dunkelheit demonstrativ in der schmutzigsten Arbeitskleidung des Jahres, die streng nach Vorschrift der katholischen Kirche seit Aschermittwoch nicht mehr gewaschen worden war, herumlief.

Onkel Engelberts Einstellung gegen alles Asiatische, sein Horror vor der *Gelben Gefahr* war so ausgeprägt, daß er selbst gegen die gerade in einem Rosa blühende japanische Kirsche vorging. Dieser Engelbert war also immer gegen alles *Artfremde* geblieben, wie er auf alemannisch – nur dieses Wort auf hochdeutsch – erklärte: Wenn er schon nicht verhindern konnte, daß an manchen Tagen der halbe Balkan und ab und zu ein Neger dazwischen in der Wirtschaft saß, wollte er wenigstens hier zwischen den eigenen blutsverwandten Bäumen hin und hergehen. Also machte er sich an die Durchsetzung der Ordnung auf seinem Territorium: wenigstens im Obstgarten sollte nichts *Artfremdes* stehen oder herumsitzen, denn daß die exotischen Erscheinungen alle nur entweder faul herumkrochen oder viel zu schnell und gierig, geradezu geil gegen den Himmel über dem

900 Mark waren weg, aber für Afrika, wohin ich diese Bertulli-Schuhe ohnehin nicht mitgenommen hätte, reichte es noch.

... der dicke Schmiehheimer (Schmiehheim bei Lahr) hat sie schließlich doch bezahlt. Ich habe diese Bertullis abarbeiten müssen. Einen halben Sommer lang mußte ich mich mit dem dicken Schmiehheimer in der Kantine des nun abgerissenen Freiburger Hauptbahnhofes treffen und mir sein Geschwätz anhören, seine Liebe zu seinem zukünftigen Auto, das er schon vor über einem Jahr in Untertürckheim bestellt hatte, jenen Diesel ab Werk mit den entsprechenden Prozenten, ich weiß, es war Liebe; und wenn das Wort *Untertürckheim* fiel, hatte es etwas von *unsterblich*, der Schmiehheimer hatte mir eine Seligkeit voraus; er machte das entsprechende Gesicht dazu, und ich meines. Möglicherweise hatte *Untertürckheim* für diesen Menschen den Klang, den für mich *Palmen* hatten. Ich weiß nicht, was für ein Gesicht ich machte, wenn mir das Wort *Palmen* oder gar *die Palmen* einfiel, aber beim Schmiehheimer habe ich etwas Verklärtes gesehen, wenn das Wort *Untertürckheim* fiel, und es fiel immer wieder. Untertürckheim muß etwas gewesen sein, etwas, was mit dem Heiligsten zusammenfiel, mit einem Bereich des Wahren, Schönen und Guten, und ich erinnere, daß auch meine Freundin Angelica genau so entrückt schaute, als wir eines Tages im Kommunalen Kino Freiburg Platz genommen hatten und sie zwei Reihen vor uns Professor Cremerius erblickte, den Präsidenten der Psychoanalytischen Gesellschaft von Freiburg, möglicherweise Deutschlands, ja der weltweiten Welt: und wie sie davon träumte, von ihm analysiert zu werden, und wie sie beim Aussprechen des Namens *Cremerius* einen ihrer seltenen Augenblicke des Glücks erlebte. Es war übrigens die Freiburger Premiere des Films *Frauen am Rande des Nervenzusammenbruchs*, von Pedro Aldomovar. Ja, es war Glück, ich habe in Angelica eigentlich nur dieses eine Mal diese Idee des Glücks angedeutet gesehen. Sonst war sie unglücklich. Und so war es auch beim Schmiehheimer, der dasselbe Gesicht machte bei *Untertürckheim* wie Angelica bei *Cremerius*.

Und ich habe vielleicht so geschaut, wenn ich von den Palmen träumte. Es gab 18 Verabredungen in der Bahnhofswirtschaft, bis die 900 Mark zusammen waren; und so lange mußte ich mir dieses Glück mitansehen, wenn das Wort *Untertürckheim* fiel. Er wollte mir gar nichts geben, wollte erst ein Kompensationsgeschäft vorschlagen, doch dann habe ich fünfzig Mark durchgesetzt.

Der Schmiehheimer hatte noch fast in der schlechten Zeit drei Parkplätze auf Sylt gekauft, von denen lebte er nun, wenn ich seine Kreditgeschäfte abziehe: Er verlieh Geld auf Monatsbasis zu 15% bei voller Auszahlung. Er sagte, er wolle mich dafür auf die Insel laden, ich könne für eine Woche einen seiner drei Parkplätze haben. Die Parkplätze warfen *im Schnitt*, wie er mir versicherte, *fünftausend* Mark ab. Ich merkte schon, er wollte mich in seine Parkplatzgeschichte hineinziehen, doch von dieser Angeberei hatte ich nichts, ich brauchte das Geld für die Schuhe. Er sagte, ich dürfe *dafür* drei Tage kostenlos auf einem seiner Parkplätze parken: später erhöhte er auf eine Woche. Ich wollte aber die Schuhe. Er wollte nur etwas fummeln, an mir etwas *rum-fummeln*, wie er sagte. Ich forderte ihn auf, sich mit seinem Herrenhandtäschchen zu entfernen, als er mir zum ersten Mal damit kam. Er dachte, er hätte wohl ein Recht darauf, wir würden zusammenpassen: er mit seinen drei Zentnern, ich mit meinen 1.59 und meiner Jugend... ja, ich sah fast noch minderjährig aus, ich hätte immer noch wachsen können, so, wie ich aussah; bis 30 hat man mir überhaupt nicht angesehen, daß ich schon erwachsen war, bis dahin war ich der Geheimtip und Schwarm aller Päderasten dieser Stadt.

In Frankfurt war ich anscheinend schon beim Umsteigen in die S-Bahn zum Flughafen sonderbar aufgefallen. In Freiburg hatte ich mich daran gewöhnt, zu den zehn kleinsten unter Dreißig zu gehören. Hier in Frankfurt stieß ich auf die ersten hochgewachsenen Schwarzen; das deprimierte mich, denn Adeltrudis, das Ziel meiner Reise, hatte in ihrem Weihnachtsbrief doch durchblicken lassen, daß es mir auf ihrer Insel im Atlantik besonders gefallen würde, da lebe im Urwald ein Volk, zu dem ich gut passen würde. Daß es sich um ein Pygmäenvolk, mit dessen König ich mich dann etwas angefreundet habe, handelte, hat sie mir verschwiegen. Tatsächlich sahen die meisten Einheimischen auf der Insel

im Atlantik eher so aus wie die hochgewachsenen Gestalten, die mich dermaßen reduzierten...
ja, ich war schon dabei, am Check-in meine
Koffer zurückzubitten. Aber dann saß ich doch in
der Maschine nach Lissabon. Über den Hotzenwald hinweg, der unsichtbar blieb, während ich
den Belchen und den Blauen genau erkennen
konnte, wie in einem Johann-Peter-Hebel-Ge-
dicht.

Lissabon etwas ausführlicher..., meine Klein-
heit in Lissabon. Vom Flughafen weg hat mich
der Taxifahrer direkt ins Portwein-Institut gefahren. Lissabon, weil die TAP die einzige Linie war,
die Guinea-Bissau mit der Welt verband, das
Land meiner Träume, das ich mir nach Kriterien
ausgesucht hatte, die von Dierckes Weltatlas bestimmt wurden und von der Tatsache, daß dort
Adeltrudis, die Freundin, lebte.

Erster Tag Portwein-Institut, zweiter Tag Cabo
Roca, 50 Kilometer westlich von Lissabon, per
Bus. »Der westlichste Punkt Europas« hieß es
reißerisch, und meinte eigentlich: der Welt. Ich
sah es diesem Kap nicht an. Immer wieder war
ich auf westlichste, äußerste Punkte gestoßen,
die lokalisierbar waren und lokalisiert wurden.
Ich erinnere: Finis Terrae in der Bretagne, Finis
Terrae westlich von Santiago de Compostela und
so fort und weiß nicht mehr, ob es auf einer Reise
war oder in einem Film im Dritten Programm,
oder in zwei Filmen oder auf zwei Reisen, daß
ich dies alles gesehen habe. Die Erinnerung
macht alles gleich, aus Reisen und Bildern und
Träumen eine einzige Vergangenheit. Also auch

die zukünftigen Magenschmerzen, die wohl erst einen Tag später einsetzten, aufgrund des Fischs von Barrio Alto, Lissabon. Ich versuchte, glatt zu liegen, ausgestreckt, und nicht wie zuhause. Dort stand mein mütterlicher Ohrensessel, in dem ich, die Beine über die eine gepolsterte Armlehne geschlagen und mit dem Rücken an der anderen angelehnt, meine besten Tage verbrachte, in Querlage zur Welt, und so zum Fenster hinausschaute – zuhause, tief in meinem mütterlichen Ohrensessel, meiner zweiten Heimat, von einem Meister gefertigt, der alles gewußt haben muß.

Eine Erinnerung an eine Welt ganz ohne Bauchschmerzen, aus einer Welt ganz ohne das Grimmen von Cabo Roca. Ich führte das Grimmen von Cabo Roca ja nicht auf den Brandy und den Portwein zurück, den ich kaffeetassenweise in mich hineingekippt habe am Ende der Abende, auch am vorangegangenen, nicht auf die Brandyflasche, die bis zuletzt treu bei mir stand, nicht auf dieses mein Gegenüber, sondern auf den Fisch, den Espada, einen, wie mir der Ober gestenreich erklärt hatte, ausgesprochenen Tiefseefisch. Er zeigte, nachdem er mit der flachen Hand über die Tischkante hinweggestrichen war – kurze Schwimmbewegungen mit den Händen auf der Höhe der Tischdecke, die die Meeresoberfläche darstellen sollte –, ganz tief unter den Tisch, ganz tief unter den Tisch zeigte er, auf den Boden, um den Meeresgrund anzudeuten, und dann mit dem Finger in die Speisekarte, wo »espada« zu lesen war, um anzudeuten, daß dieser Fisch etwas ganz Tiefgründiges und Grundsolides war, von der Tiefe des Meeres heraufgezogen, mir zur Lust in einer Kneipe des Barrio Alto. Und auch, als ob ich etwas Besonderes wäre, so tat er, dieser Fisch, aber auch ich. Ich hatte den Eindruck, als ob er mich so anschaute, daß ich mich ja nicht verunsichern lassen sollte von der Welt, und daß ich mir treu bleiben sollte. Was blieb mir anderes übrig! Ich hatte gehofft, daß mit zunehmender Distanz vom heimischen Hotzenwald sich mein Verhältnis zur Welt normalisieren würde; und ebenso das Verhältnis der Welt zu mir. Und nun hatte ich schon in Lissabon die ersten Anzeichen hinnehmen müssen, daß sich da nichts geändert hatte. Portugal und der Hotzenwald waren eben noch zu sehr miteinander verwandt.

Die Lokalität war immerhin noch so fein, daß sie über einen Ober ganz in Weiß verfügte, was im Hotzenwald praktisch nie vorkam oder höchstens einmal am Fest der Rotarier, wenn mein Bruder, der Sommelier, mit seinem mitra-artigen Aufputz durch die Räumlichkeiten schritt. Der Ober, wir waren nun in ein kleines Tischgespräch gekommen, kam über eine andeutende Schwärmerei nicht hinaus, als ich »Switzerland« sagte – ich habe nämlich, wenn ich im Ausland war, nie über die Lippen gebracht zu sagen, daß ich aus Deutschland stammte, sondern habe immer »Switzerland« gesagt, außer in der Schweiz, wo ich sagte, daß ich aus Bregenz (jetzt zu A gehörend) stammte. Ich wollte, aus einem kleinen Patriotismus heraus, nämlich einerseits

Deutschland nicht beschämen im Ausland; ich wollte nicht, daß sich dieses Land mit mir zusätzlich blamierte, nein; und andererseits wollte auch ich mich nicht blamieren und mich nicht ein Leben lang schämen müssen, nur weil ich die Wahrheit sagte, die darin bestand, daß ich aus Deutschland kam wie der Tod, der ein Meister aus Deutschland war. Den schönen Hotzenwald habe ich nie verleugnet, doch es hatte keinen Zweck zu sagen, daß ich aus dem schönen Hotzenwald kam, von dem schon in Bayern oder in Hessen kein Mensch sagen konnte, ob dieser Wald in Deutschland, der Schweiz oder sonstwo auf der Welt lag. Einen Augenblick überlegte ich, ob ich »Black Forest, Switzerland« sagen sollte, ließ es aber.

Der Ober hielt mich – vielleicht – auch für verrückt, zumindest für gestrandet, ganz offensichtlich für gestrandet, erkannte in mir den allein Reisenden, den Unvollständigen. Jenen, der keinen Gefährten gefunden hat und daher allein unterwegs war und sein mußte, wie das im alten Süden geglaubt wurde. Das war der feste, alte Glaube der Mittelmeeranwohner, daß ein Mensch nicht vollständig war, wenn er allein unterwegs war. Wahrscheinlich hat der Ober mich auch durchschaut: das Warum der Ein-Mann-Konstellation intuitiv erkannt, den allein Reisenden aufgrund mangelnder Größe. Dabei hätte doch gerade ich irgendeine Form von Schutz, eine Art von begleitendem Kavalier nötig gehabt.

Ich war auch in Lissabon eine Nebentischgröße. Folglich saß ich zurecht am Katzentisch, da hinten, an der Stelle, wo sich der Weg zur Damen- und Herrentoilette gabelte, gerade recht für diesen Fisch, dachte er wohl, dachte ich dann in meinem Bauchschmerz. Morgen ist er weit weg! wird er gedacht haben. Ich kann ihm diesen Fisch geben, er ist vielleicht schon schlecht, aber immer noch gut genug für ihn, dachte er, ich werde der dicken Linda ein Zeichen geben, sie solle ihn jetzt in die Pfanne tun, ich werde ihr sagen, daß jetzt der richtige Gast gekommen ist für diesen Fisch, einer, der ohnehin allein ist, der allein sein wird mit seinen Bauchschmerzen, niemand sagen kann, was ihm fehlt oder was er hat, und auch keine Zeugen. Und daß er niemand, außer sich selbst, den Tag und das Leben verdirbt. Die Wehen werden erst in der Luft einsetzen! dachte er wohl. Denn ich hatte ihm gesagt, daß ich auf dem Weg nach Afrika sei. O, sagte er auf Pidgin-Englisch, very beautiful. Dort würden ihm meine Magenschmerzen nicht weh tun. Ich weiß bis heute nicht, ob es der Espada von Barrio Alto oder der Brandy war, von dem ich, zur Betäubung, immer mehr in mich hineingekippt hatte. Doch das hat nur zu einer Leberschwellung und diese zum Schmerz und dieser zu mir geführt.

Die schrittweise Annäherung an mein Glück stellte sich in Lissabon nicht ein. Die Palmen, die ich vor Ort sah, waren noch nicht die richtigen. Und die Menschen: vergeistigt anthropophagisch, wenn überhaupt: Sie fanden mich wahrscheinlich zum Kotzen. Nun ist Lissabon keine Stadt des Glücks, sondern der Saudades und des gourmetartig genossenen Unglücks. Das hatte ich so oder ähnlich gelesen. Gerade deshalb war ich zunächst durch diese Stadt gelaufen, als ob ich zuhause wäre, als ob ich hierher gehörte.

Schwester Adeltrudis hatte mir geschrieben, ich solle mich ruhig noch etwas in Lissabon umsehen, das sei eine Stadt für mich. Wahrscheinlich hat sie sich kaputtgelacht dabei, Tränen gelacht. Denn ich war gerade wegen der Ermunterung durch Adeltrudis in dem Irrglauben durch die Stadt gelaufen, das sei eine Stadt für mich, ich müßte gar nichts machen und nach gar nichts aussehen, aussehen so wie ich, dann würde ich als einer von ihnen gelten, dann würden sie mich zu sich rechnen.

Nur: Es fehlte mir zum tragischen Auftreten die aufrechte Erscheinung, der schöne Schatten, die Verblassen andeutende Tristesse, die Unerbittlichkeit des Schmerzes, als ob er auf dem Pferd wäre und durch die Pampa ritte, auch das Don-Quixote-Artige, wie ich es so schön ausgedrückt tausendfach auf den Hügeln von Lissabon gesehen habe. Statt dessen kam ich mit meinem roten Hotzenwaldgesicht, dessen Reaktion auf die Welt Erröten war, und nicht Erblassen. Also: Auch wenn ich von einem Menschenfresser geträumt haben sollte, so sah man es mir doch nicht an; davon schienen eher die anderen zu träumen, von irgendeiner Gegenwart und irgendeinem Ende, dessen Tragik ich mir nicht einmal ausdenken und niemals mithalten konnte. So viele Gesichter in dieser Stadt waren mir selbst in der Darstellung des Schmerzes überlegen. Was für ein Schmerz es war, weiß ich nicht, aber sie konnten zeigen, daß es ein gewaltiger Schmerz war, den sie da herumtrugen mit sich, fast so groß wie sie. Vielleicht war es der Schmerz vor ihrer Zeit, der in ihnen noch einmal aufblühte, ja sich verewigte, alle Schmerzen ihrer ausgebluteten Vorfahren und auch ihrer Ausbeuter, die sich in ihnen in Lissabon zusammengefunden hatten; kein Zweifel, es war der Schmerz einer ganzen Welt, dessen Darstellung die Gesichter von Lissabon beherrschten. Was war es dagegen bei mir! Mit meinem rotfleckigen Hotzenwäldergesicht konnte ich hier nicht auftrumpfen, mein Gesicht war nicht die Welt, sondern der Hotzenwald, in ihm spiegelte sich nicht die Welt, sondern die Hinterwelt, ich kam aus dem Hinterland des Schmerzes, kam von den Salpeterern, von denen hier bestimmt keiner auch nur gehört hatte.

Meine Vorfahren haben noch Fleisch gegessen und an Gott geglaubt. In dem Maße, wie sie Fleisch gegessen haben, haben sie auch an Gott geglaubt. Sie haben ihre Tiere noch eigenhändig an den Ohren aus dem Stall gezogen und ihnen den Hals aufgeschnitten und das Blut herauslaufen lassen, bis sich das Tier nicht mehr regte. Und dann haben sie eine Blutsuppe gemacht. Und bevor sie – mit einem wandernden Löffel, der wie eine Schöpfkelle aussah – diese Suppe stumm und andächtig in sich hineinlöffelten, haben sie gebetet und gedankt für dieses Fleisch und diese Suppe. Und heute? Im Hotzenwald ist mit den Vegetariern auch der Unglaube eingekehrt. Es gibt jetzt fast so viele Vegetarier wie Ungläubige. Es gibt im Hotzenwald mehr Ungläubige, wenn ich es genau bedenke: Ich darf jene nicht vergessen, die gedankenlos das Fleisch am Stück, als Wurst im Aldi holen und ohne Tischgebet verschlingen, und keine Ahnung haben von dem, wie sich dieses Leben einst zusammengesetzt hat. Nun gut, wie Gott und das Fleisch in mir zusammenhängen, weiß ich doch nicht, es war nur ein Gedanke, der mir bei den guten Salpeterern kam: Sie haben sich nämlich schon damals gegen Gott und den Abt von St. Blasien, ihren Gott auf Erden, aufgelehnt. Und dafür wurden sie, außer einem heiligen Rest, von dem auch ich abstamme, von den Habsburgern ausgerottet oder nach Transsylvanien und in das Banat deportiert. Klein und abgründig, habe ich die Großen und Oberflächlichen immer gehaßt, jene, die über meinesgleichen vor mir verfügten und ihnen das Genick brachen, ob Habsburger oder nicht, ob Papst oder nicht.

Die tragischen Einwohner Lissabons konnten nichts von den Salpeterern wissen: Sie sahen mich und wußten nicht, daß ich auf diese hinreißende Art mein Inneres nicht nach außen kehren konnte. Ich glaube, ich sah einfach nur töricht und verlassen und mickrig aus, ohne jedes Attribut von Schmerz und daraus resultierender Größe. Ich würde es nie zu einer Primadonna der Schmerzen und einer von der ganzen Welt bewunderten tragischen Erscheinung nach dem Bilde Lissabons bringen.

Und doch: Ich hatte mir die Einwohner Lissabons noch tragischer, noch erhabener in ihrem Schmerz vorgestellt, als wandelnde Fados –, es sah aber das meiste eher gewöhnlich aus, wie ich mir eingestehen mußte, dieselben Ampeln und Leuchtreklamen, dieselben Bilder mit denselben Slogans, nur auf portugiesisch. Und der portugiesische Vorabendmensch schien dieselben Sehnsüchte zu haben wie der Hotzenwälder, nur auf portugiesisch. Ich sah Gestalten wie meine Brüder, eher Gourmets als Tragiker, mehr dem Stumpfsinn verpflichtet als dem Schmerz.

Vielleicht waren sie etwas größer als ich. Gut, ich gebe es zu: Ich weiß, daß es auf der Welt meinesgleichen so nicht mehr gibt. Immerhin, wenn ich im traurig-erhabenen Lissabon an einer der Haltestellen der berühmten Linie 28 stand, kam es doch wieder vor, daß ein Mann in meiner Umgebung stand, auf den ich, wie mir schien, hätte hinabschauen können und der trotzdem eine tadellose Figur machte. Ich ertappte mich dabei, wie ich mich bewunderte in ihm. Und es mußte doch auch Frauen geben, die einen solchen Mann bewunderten. Das Leben schien mir, bei aller Tristesse, 10 Zentimeter leichter zu sein in Lissabon.

Mit zu den schönsten Erfahrungen in den südlichen Ländern gehörte, daß es hier Menschen gab, denen ich auf einer Ebene in die Augen schauen konnte. Der grobianische, ungeschliffene Hochmut Hamburgs, der aus reiner Körpergröße resultierte und schließlich doch nur nach dem Mißmut der norddeutschen Tiefebene aussah, war fern. Da konnte Hamburg oder gar die Promenade von Pellworm nicht mithalten: Dieser Tristesse konnte Hamburg nicht das Wasser reichen. Hier gab es durchaus noch Frauen für mich, die etwas zu wissen schienen von der mittelalterlichen *mâze*, wie sie etwa in der Schönheitslehre bei Gottfried von Straßburg präsentiert wird: die richtige Größe, nicht zu klein, aber, bei Gott!, vor allem nicht das Elefantenmaß! Nicht zu groß! Hier in Lissabon schien mir das Verhältnis ausgewogener, auch mein Verhältnis zu Frauen, es stimmte fast. Immer war sie bis zu 10 Zentimeter kleiner als der gewöhnliche Mann. Die Regel war, daß die Frau von Lissabon etwa einen Zentimeter kleiner war als ich. Schon dachte ich daran, mich hier anzusiedeln.

Während ich in der Linie 28 saß, sagte ich mir: Hamburg hat kein Geheimnis, Lissabon hat ein Geheimnis. Hamburg hat die Alsterallee und St. Pauli, die Frauen sitzen in den Fenstern. Das Durchgeschütteltwerden Richtung Endhaltestelle inspirierte mich.

Noch zwei Tage Lissabon. Und dann die richtigen Palmen. Und die richtigen Menschenfresser, falls es mit den Palmen doch nichts würde. Also mein Espada-Lokal. Ganz offensichtlich sah der Kellner in mir auf Anhieb den allein Reisenden, behandelte mich aber vornehmer als in einem Hamburger oder einem italienischen Lokal, wo die Geringschätzung sich nicht nur in der Tisch- und Bettvergabe zeigte, die Portionen waren auch kleiner. Ein guter italienischer Freund hatte mir den Rat gegeben, in Italien nie allein essen zu gehen, lieber noch jemand auf der Straße ansprechen und einladen...

Die unverhohlene Deklassierung blieb mir in der Welthauptstadt der Saudades erspart, meine Einsamkeit konnte sich auch aus der tristeza ableiten. Ich war hier nicht mehr ganz im Mittelmeerraum. In Lissabon konnte man sich schon einen Menschen denken, der mit sich allein unterwegs war, mit sich selbst reiste. Die Portugiesen hatte ich mir trotz allem etwas tragisch-aufgerichteter vorgestellt, wie schon an anderer Stelle gesagt, obschon sie durchaus geknickt-heroisch dasaßen. Ich hatte sie mir strenger, ernster, unerbittlicher, pessoa-artiger vorgestellt als ihre durchaus stolzen, aber dabei kindischeren und leichtlebigeren Verwandten am Mare Nostrum.

Das Wort »Mediterranee« kam mir in den Sinn, und ich mußte auflachen. Wieder Linie 28, eine zweite Messung, ein zweiter Vergleich, noch eine Art Leistungsschau: *sie waren doch etwas kleiner.* – Aber immer noch größer als ich – *Touristen? – Gar aus dem Norden? –* Oder einfach der hochgewachsene Seefahrertyp, durch jahrhundertelangen Mastkorbbestieg herausgemendelt, wie ich dachte, und nicht der gedrungene, schenkelbetonte, erdverhaftete Fußballer, kein Maradona, sondern: »Ich schaue hoch vom Mastkorb weit in die Welt hinein« (La Paloma), eine Mastkorbexistenz ein Tagtraum. Historisch war dies gewiß wieder einmal nicht ganz korrekt, ja falsch, denn ich hätte wissen müssen und wußte doch auch, daß der Seefahrer eher zu den gedrungenen Erscheinungsformen des Menschen gehörte, eher nach unten hin als nach oben hin: Es waren doch immer die Kleinsten, die für den Mastkorb auserwählt waren. Sie durften von dort oben in die Welt schauen, oh ja, ich wäre ein Jockey der Meere geworden...

...waren doch etwas kleiner, aber immer noch größer als ich. Touristen? Ostpublikum, schlecht genährt in der Wachstumsperiode? Die Linie 28 war doch nicht das Richtige für meinen Vergleich. Hier fuhren doch nur Touristen herum, Neugierige aus aller Welt. Die Versuchsvoraussetzungen stimmten hier nicht. Ich mußte in die Vorstadt hinaus oder auf einen der großen Friedhöfe. Doch auch hier tummelten sich Neugierige aus aller Welt, denn Friedhöfe gehören zu den Hauptanziehungspunkten eines Weltreisenden. Ich weiß nicht, ob sie auf der Suche nach dem großen Grab waren oder zum Beweis dafür, daß sie noch am Leben waren, aus dem Triumph heraus, daß sie noch lebten, während der Name auf so einem Grabstein zweifellos einen Toten bezeichnete.

Zum Glück habe ich im Espada-Lokal nicht gesagt, daß ich aus Deutschland kam, das überall auf der Welt als etwas Kaltes, als ein Reich des Nordens galt, mehr noch als Sibirien mit seinem Wodka als Wärmematerial. Ich hätte ja als Zwerg gegolten, wenn ich »Germany« gesagt hätte. Ich hätte »alpine« sagen müssen, das geglückteste, wie mir schien, die Idealverbindung aus Ost und West und Nord und Süd, die Tiroler Erscheinungsform.

Adeltrudis, die letzte ihres Namens, hatte mir ein Pygmäenvolk in Aussicht gestellt; Pygmäen, die zudem Menschenfresser waren, wie ich mir dazudachte. Hin- und hergerissen von Lissabon, blieb die Insel im Atlantik eine Möglichkeit meines Menschseins. Wohl zu meiner moralischen Aufrüstung, zur psychischen Stabilisierung, wie die anderen sagen würden, hatte sie mir menschenfressende Pygmäen in Aussicht gestellt.

Der Einsame in Lissabon glaubt, daß man ihn gerade hier verstehen müsse. Doch auch hier saßen die Männer in den Bars paar- und gruppenweise herum. Ich hatte das Gefühl, daß ich hier, in der Hauptstadt der Soledades der einzige war, der allein herumsaß. Ich traute mich deshalb an meinem letzten Tag gar nicht mehr recht in das Fado-Lokal im Stadtteil Alfama. Dies hatte ich mir doch als Höhepunkt meines kleinen Aufenthalts am Tejo ausgedacht.

Die Fados waren Lieder, die von mir handelten, vom Einsamen, »von dem ungewiß ist, ob er sitzt oder steht«, wie Robert Walser von der Psychiatrie aus sagte. Aber obwohl ich gerade hierher paßte wie keiner sonst, saß ich als einziger allein. Die anderen machten zwar auch ein einsames Gesicht, aber gruppenweise… Freilich bewies mir der Schmerz, daß ich da war, am richtigen Ort, und doch, diese Art von gesungener, organisierter und zelebrierter Einsamkeit?

Die unvergleichliche, von mir geliebte, alterslose Rosa Pereira sang vom Schmerz in der Rua do Capelão zwischen den Gängen, von Tisch zu

Tisch, auch zu mir kam sie und ging, von Gericht zu Gericht, dazwischen ihre Fados, und dazu schauten die Zuhörer aus aller Welt, als ob sie sie verstehen würden, oder wie die Hausfrau, wenn sie ihre Tage hat und dazu ein Rilkegedicht hört, die irgendetwas vernimmt, das im Grunde »für jeden und keinen gilt«, wie Onkel Henry gesagt hätte. Und dann klatschten alle, und man verlangte nach einer neuen Flasche Matteus.

... die Lusiaden, der Regen auf der Praca Camões, und dann Fernando Pessoa. Tag der Abreise. Vor dem Abflug hatte ich noch Zeit für das Grab von Pessoa. Es war, gut sichtbar, auf Augenhöhe eingelassen in einem Kreuzgang des Klosters San Jeronimo in Belém, mit den höchsten Touristenzahlen von Lissabon. Alle kommen vorbei und werden sagen können: Ich habe das Grab von Pessoa gesehen. Es war freilich nicht die Stelle, wo der Dichter zusammengebrochen war. Wie groß war Pessoa eigentlich? War er größer als ich? Woraus resultierte sein Unglück? Wo kann ich das nachlesen? Und schon wurde ich von der Masse an diesem Namen vorbeigeschoben, und es war, als ob die Toten lebten und die Lebenden im Vergleich mit ihnen, zumal derart glänzenden Beispielen, tot wären.

Ich betete trotzdem ein Vaterunser und drei Ave Maria für Pessoa und erwirkte so einen Ablaß für Pessoa, wohl in der begründeten Furcht, daß ich seit langem der erste war, der für Pessoa ein rettendes Gebet gesprochen hat. Wer weiß, vielleicht war er sogar ohne letzte... Ölung gestorben. Aber vielleicht hat sein Biograph dies alles nur vertuscht und es gab tatsächlich ein richtiges Ende mit den Segnungen der heiligen katholischen Kirche, also etwas, eine letzte Tatsache aus dem Leben Pessoas, derer sich der Biograph schämte und die dem Ruf eines großen Tragikers geschadet hätte und die er deshalb unterschlagen hat. Unglücklich, unkatholisch, unmöglich: so mußte das Leben eines großen Menschen sein. Also die vorgeschriebenen Gebete. Und was sollte ich danach tun? Noch einmal ins Portwein-Institut oder eine Besichtigung des naheliegenden Seefahrer-Denkmals?

Abschied von Lissabon: Die TAP-Maschine flog einen eleganten Bogen über San Jeronimo und Seefahrer-Denkmal hinweg in Richtung offenes Meer. Der Stop-over-Flug nach Dakar sollte etwa fünf Stunden betragen. Nach Erreichen der Flughöhe lehnte ich mich zurück. Wie immer hatte ich mir einen Fensterplatz verschafft und griff zum Diskman. Gisela May sang von Mandelay und andere Lieder von Brecht über den Wolken. Eine ganz schnoddrige Augsburger Sehnsucht erreichte mich von ferne. Die Verse eines vorlauten Menschen und Feiglings, der zugleich ein Dichter war, gaben mir Mut – gegen die Flugangst wie gegen das Leben: Whisky haben wir genug an Bord!

Ich habe also Mandelay nach Afrika gebracht und auch das Lied von der sexuellen Hörigkeit. Ich darf mich kurz vorstellen: Der Leser sollte sich mich als 1,59 m großen Freizeitkommunisten und Bewunderer Rosa Luxemburgs denken, der soeben in Afrika gelandet ist. Im schäbigsten

Viertel von Dakar, wie sich herausstellte, hatte mir Adeltrudis eine Adresse besorgt. Vielleicht hoffte sie, daß ich schon hier zu Fall käme? Ich muß sagen, daß ich von Adeltrudis nach Afrika gelockt worden bin. Sie hat wahrscheinlich Absprachen mit dem menschenfressenden Pygmäenvolk getroffen, das mich an seinem Stammesfest gerecht verteilen und auf diese Weise aus der Welt schaffen sollte. Und sie, pervers, wie sie nun einmal war, hätte das Ganze auch noch auf Video festgehalten – oder sogar mitgegessen.

Die Inseln von Bissau liegen im Atlantischen Ozean, vor der Küste von Guinea. Seit einigen Jahren aus der portugiesischen Herrschaft entlassen, ist Guinea-Bissau nun einer der kleinsten selbständigen Staaten überhaupt. Die Weltbank hat das Miniland zu den fünf ärmsten überhaupt gerechnet. Wie sich herausstellte wohl allein deshalb, weil es noch keinen einzigen Bankomaten gab.

Das kleine Festland und die vorgelagerten Inseln waren von einem herrlichen Grün überzogen, sogenanntem tropischen Regenwald, und wenn einer dieser schönen Menschen wollte, dann setzte er sich einfach unter den Schatten unter die Palme am Meer und wartete, bis die schönste Kokosnuß herunterfiel, so meine Erinnerung. Meiner Einschätzung nach gehörte dieses Land zu den fünf reichsten, die ich gesehen habe.

Von Menschenfressern keine Spur, vorerst. Ich bin allerdings nicht überall hingekommen, da mich Adeltrudis ziemlich kurz gehalten hat, worauf ich noch zu sprechen kommen werde. Aber so, wie es aussah, mußte ich zu den Menschenfressern anderswo hin. Ich hätte in Europa bleiben können. Auf den Balkan, zum Beispiel, wo das Wort »großer Krieger« wörtlich übersetzt »großer Blutsäufer« lautete. Aber das wäre mir doch zu unromantisch gewesen, ich wollte schließlich nicht einfach massakriert werden, sondern mein Ende auch noch etwas auskosten, zelebrieren.

Die Palmen waren herrlich. Endlich weg von Onkel Henry, Onkel Engelbert und auch von Tante Hilde, die mir in letzter Zeit, trotz allem, ziemlich nachstellte. Hier konnte ich endlich, obwohl die Luft schwer war und der Himmel orange, endlich aufatmen und genoß, daß ich von mir und zuhause so weit weg war. Ich träumte auch von den Begegnungen, die ich in den nächsten Wochen wohl haben würde, der Schauplatz meiner schönen Abenteuer würde wohl unter Palmen sein.

Die Menschen hier waren zwar schüchtern, schreckten vor mir aber auch nicht zurück. Meine Größe war ihnen vertraut von den Pygmäen her.

Dakar war dagegen ein Schock gewesen. Die Armut war zwar farbig, aber unübersehbar. Und über allem die Entwicklungshilfefirmen und Banken und Bankomaten. Doch ich konnte noch ohne Gefahr herumspazieren, was ich auch getan habe, heute aber nicht mehr möglich ist, wie ich gehört habe. So kam ich auch auf die Sklaveninsel Goree, allerdings per Fähre. Eine Insel,

nicht wußte, wie sie sonst die Weihnachtskarte mit Text vollbekommen sollte, eine Antwort auf ein sehr anhängliches Schreiben von mir, in das ich hatte einfließen lassen, daß ich sie sehr vermißte. Vielleicht war es auch nur das Bier, eine Bierlaune, die zu ihrer leicht dahingeschriebenen Einladung führte. Sie wußte doch, daß ich souterrain wohnte, praktisch arbeitslos, und war sich ziemlich sicher, daß einer wie ich niemals seinem Leben entkommen würde.

Als ich dann meine Reise ankündigte, reagierte sie sogleich und – das war als Abschreckungsversuch gedacht – beauftragte mich, eine Konzertgitarre für die Buschkinder, eine Hochseeangel und ein Golfset mitzubringen, außerdem über einen Zentner deutsche Lebensmittel, angefangen von Schwarzwälder Speck bis hin zu einer Schwarzwälder Kirschtorte. Ich ließ mich aber nicht abschrecken und brachte einige von ihren Wünschen sogar mit. Das war nicht einfach.

Es waren eben die Palmen. Es war das Fernweh, echtes Fernweh, das mich auf diesen Archipel trieb, und nicht Madame Mami und nicht allein der Wunsch, meinem Souterrain zu entkommen und Onkel und meiner Atemnot. Denn Fernweh hatte ich zu allem anderen auch noch. Das Fernweh kam zu meinem Leben hinzu. Zuhause, wo man Erklärungen verlangte und sich nicht so leicht abspeisen ließ wie Onkel, dem ich ja gesagt hatte, daß ich für einige Wochen zur Tomatenernte müßte, gab ich vor, ich hätte einen Auftrag von HOLIDAY, dem Hoch-

glanzreisemagazin von Burda, so auch dem Post-
boten, den das schon gar nichts anging, und
auch Onkel gegenüber, der schon wieder, wie
ich auch, vergessen hatte, daß ich eigentlich zur
Tomatenernte auf dem Land sein wollte.

Was sich so alles als Entwicklungshelfer in
Afrika herumtreibt! Mami – außer daß sie blond
und nymphomanisch war, sind mir kaum weitere Vorzüge bekannt – hatte inzwischen einen
strengen Pferdeschwanz. Aber auch so erkannte
ich sie gleich, als sie mit einem schwarzen
Kapitän in den kleinen Hafen einfuhr. Sie stand
vorne, mit Sonnenbrille und Golfmütze, und
schien nach mir Ausschau zu halten. Ich sprang
vor Freude auf, winkte und rief hinüber, doch sie
reagierte nicht, obwohl sie nur zwanzig Meter
entfernt war und mich längst erkannt hatte.
»Mensch, schrei nicht so!« war das erste, was ich
von ihr zu hören bekam. »Wir sind doch nicht im
Busch!« Dann ließ sie sich doch zu einem (mü-
den) Lächeln herab. Wie sich herausstellte, war
sie gar nicht gekommen, um mich abzuholen. Es
war eher ein Zufall, daß wir hier im kleinen
Hafen von Guinea-Bissau zusammenstießen. Aber
es blieb ihr gar nichts anderes übrig, als mich
mitzunehmen. Mißbilligend zwar, denn nun fehlte vielleicht der Platz für die zwei Ferkel, die man
auch noch verladen wollte etc. –

Heute vermute ich, daß sie sich verkleidet hat
damals, in der Hoffnung, daß ich sie nicht erkennen würde. Doch das selbstgeschneiderte Toga-
Afro nützte nichts. Adeltrudis blieb gar nichts
anderes übrig, als auf mich zu zeigen: »Schau

mal da drüben! Diese Witzfigur will mich besuchen!« wird sie auf Insel-Pidgin gesagt haben, »Engelbert!« Ich hörte ihr grobes Gelächter. Daran habe ich sie ja zuerst erkannt. »Witzfigur!«, falls sie dieses Wort auf Insel-Kreolisch schon kannte, und falls es dieses Wort in jener Sprache gab. Sie machte eine obszöne Handbewegung nach hinten, die wohl mir galt, fuchtelte waagerecht vor der Brust des Kapitäns hin und her, und sagte dazu immer wieder: »Bertulli! Bertulli!« Unter Gelächter nahmen sie mich auf, zogen mich ins Boot, und Mami hat die ganze Zeit mit dem Kapitän getuschelt und über mich gelacht. Wahrscheinlich versuchte sie ihm zu sagen, er solle mich beim Einsteigen ins Wasser fallen lassen, aber erst ganz zuletzt, nachdem meine Gaben bereits an Bord waren. Es hätte nicht viel gefehlt, und sie wären mir so davongefahren, ich weiß, Madame Mami hat mit diesem Gedanken gespielt – oder mit dem Plan, mich auf hoher See während der achtstündigen Fahrt über Bord zu stoßen.

Ich war trotz allem froh, angekommen zu sein und ein bekanntes Gesicht um mich zu haben, auch wenn es ihres war. Was mich an Bord hielt, war mein fehlender Charakter. Ich hätte von selbst ins Wasser springen müssen. Diese Menschen wollten mich offenbar nicht bei sich haben. Ich aber suchte statt dessen ihre Nähe und ließ mich treiben. Mami sprach kein Wort mit mir, obwohl sie mich Jahre nicht gesehen hatte und mich in ihren Briefen von der Insel mit »Geliebter Engelbert« angeredet hatte.

Vielleicht hatte sie ihre Tage. Aber trotzdem: für den »Medicus« reichte es wohl noch, den sie auf dem Achterdeck in sich hineinfraß, neben dem Sonnenbad her, während ich dankbar hinausschaute, dankbar dafür, mitgenommen worden zu sein.

Das Meer war schön und blau und grün, und die zwei Ferkel waren auch an Bord. Sie waren an den Hinterbeinen zusammengebunden und grunzten immer wieder fröhlich auf. Es sei sehr schwierig, in diesen Breiten ein Schiff zu steuern, hörte ich später, wegen der vielen Tiefen und Untiefen. Jedes zweite Boot gehe praktisch unter. Aber wir kamen an, wenn auch ohne Schatten und mit einem mittelschweren Sonnenstich meinerseits. Aufpassen auf meine Sachen, besonders auf die Gitarre, mußte ich auch noch, da sich die Ferkel mit ihren Rüsseln an meinem Instrument zu schaffen machten, als ob sie es fressen oder wenigstens hineinbeißen wollten. Dennoch war die Überfahrt überwältigend schön. Überwältigt war ich, als ich von Bord ging. Ich schwankte, so wie bei der Ankunft in Santiago de Compostela.

Die Rückfahrt, an die ich mich nun auch erinnern muß, war demgegenüber schlicht: auf einem ehemaligen Heringschoner, ein Mitbringsel Giscard d'Estaings auf Staatsbesuch an Idi Amin, von diesem als Mitbringsel auf Staatsbesuch in Angola übergeben, von dort als Mitbringsel des angolesischen Staatspräsidenten an die Elfenbeinküste. Und dann noch einmal von der Elfenbeinküste als Mitbringsel nach Guinea-

ster Zeit im Griff gehabt haben muß – Männer und Frauen, wie mir vom sizilianischen Pater, dem einzigen, mit dem ich andeutungsweise sprechen konnte, versichert wurde.

Meinen Besuch bei den menschenfressenden Pygmäen hatte ich zurückgestellt. Mir war nicht danach. Trotz allem, trotz meiner beschämenden Aufnahme durch Madame Mami – die Palmen behielten die Oberhand. Sie ließ sich als »Madame Mami« und von Auserwählten einfach »Mami« anreden. Ich dachte nicht daran, dieser Anordnung zu folgen. Eigentlich war Mami als Missions-Krankenschwester hierher geschickt worden. Sie sollte eine Krankenstation, die erste überhaupt auf diesem Archipel, aufbauen. Bisher hatten diese Menschen, von oben herunter gedacht, überhaupt keine sogenannte medizinische Versorgung gehabt. Nur Medizinmänner hatten sie und dergleichen, animistische Schamanen, und was weiß ich. Damit waren sie aber, glaube ich, besser gefahren, wie man so sagt. Vor allem, wenn ich den sogenannten Leistungsvergleich anstelle, steht Mami mit ihrer Schulmedizin ziemlich schlecht da: nicht einmal Ungeziefer in ihrem eigenen Anwesen konnte sie bändigen.

Ich mußte mein Lager mit dem Ungeziefer dieser Welt teilen. Aber da ging es nur um mich. Und ich war Madame Mami ja nicht als Aufgabe gestellt worden. Die Aufgabe, die sie sich gestellt hatte, war wohl, dieselbe zu genießen, ganz ähnlich wie Papst Leo X., der gesagt hatte: »Gott hat uns das Papsttum verliehen. Wir wollen es also genießen!« In meiner kurzen Zeit auf dieser Insel konnte ich also sehen, wie sie das Leben genoß, sich sonnte und ausruhte, wie sie sich die Drinks bringen und sich immer wieder ins Allerheiligste zurückzog und verwöhnen ließ. Adeltrudis wurde zu einem richtigen Fremdkörper für mich, zu einem Stück, das sich bewegt, das man sieht und beobachtet. Denn ich hatte aufgegeben, mit ihr sprechen zu wollen. Keine einzige Frage während meiner Wochen im Paradies!

Der Sizilianer hat sich etwas um mich gekümmert, mich etwa zu den Impfaktionen auf die Nachbarinsel mitgenommen, bei denen Mami präsidierte. Mami saß auf einer Art Thron, und es gab eine Ohrfeige, falls das Kind weinte, wenn es die Spritze mit der ganz dicken Nadel sah. Damit wollte ich nichts zu tun haben. Um mich von Madame Mamis Regiment und den schreienden Kindern und den Frauen mit den Elefantenfüßen abzulenken, die mir zusetzten, flüchtete ich mich unter Günter Herburgers Thuja, das irgendwo im Allgäu, aber auch hier spielte.

Anschließend gab es noch ein Festessen für die hohen Gäste, für Mami mit Beilage, wahrscheinlich Reis. Wo man den Gemeinschaftslöffel für die Herrschaften aufgetrieben hatte, weiß ich auch nicht. Ich dankte, indem ich mich verneigte.

Und dann der Rückweg auf dem Buschpfad aus dem Innern der für mich namenlos gebliebenen Nachbarinsel zur Stelle, wo das Boot lag. Auf der Rückfahrt flogen die Fische neben uns her. Am anderen Tag war ein Mann von einer Palme heruntergefallen, ein Großvater, wie es hieß, ungefähr 35, so alt wie ich. »Wann ist die Beerdigung?« fragte ich und »Wo ist der Friedhof?« vor mich hin, in der Hoffnung, Mami könnte mir vielleicht doch antworten. »Beerdigung?« – »Friedhof?« wiederholte Mami, die sich schon wieder bei einem Drink auf der überdachten Holzveranda ausruhte. Vom Sizilianer konnte ich dann erfahren, daß es auf der Insel noch keinen Friedhof gibt. Die Leute werden in Palmblätter gewickelt, mit etwas Essig eingerieben und zuhause unter den Eßplatz gesetzt, in den Boden, versteht sich. »Das sind Animisten – wollen die Verbindung mit ihren Lieben nicht verlieren«, erklärte er mir.

Wo ist eigentlich Adam abgeblieben? dachte ich nebenbei. Ist er einfach liegen geblieben an der Stelle, wo er starb? Sind die sogenannten Angehörigen zu Tode erschrocken und davongerannt? Oder war es ganz anders? Gab es damals noch die natürliche Lösung des Problems? Kam irgendein Lebewesen, Mensch oder Tier, und hat ihn, Adam, tot oder lebend, aufgefressen? Es müssen, in diesem Fall, die eigenen Kinder oder schon Enkel oder Urenkel gewesen sein oder sonst ein wildes Tier.

Pygmäen und Menschenfresser. Ich fragte: »Was glauben Pygmäen?« »Was glauben Menschenfresser?« Worauf Ivo, welches die männliche Form von Eva ist, überhaupt bestritt, daß es eigentlich Menschenfresser gibt; und schon gar nicht auf dieser Insel. Pygmäen gebe es, die seien sehr friedlich, und immer weniger, weil sie so friedlich seien. »Haben sie einen speziellen Glauben?« fragte ich. Und wie lösen sie das Problem, wenn einer von ihnen gestorben ist? Was machen sie mit der Leiche? dachte ich und sagte »Problem«, ein Wort, das in allen Sprachen gleich ist. »Es gibt den ›großen Pygmäen‹, das ist ihr Gott«, sagte Ivo. Mir wäre es sympathischer gewesen, wenn sie sich diesen Gott anders ausgedacht hätten, von sich aus, wie in der Stifter-Vorrede zu den »Bunten Steinen«, wo das Große klein ist und das Kleine groß.

Die großen Religionen, der Islam und die katholische Kirche, aber auch die protestantischen Sekten, hatten es bisher nur bis zur Hauptstadt geschafft. Die Inseln waren noch ohne Erlöser und, das sah ich, waren mindestens ebenso erlöst wie ich – oder wirkten sogar noch erlöster. Von den Menschenfressern keine Spur. Und einen Pygmäen habe ich nur einmal per Zufall gesehen, so wie man ein seltenes Tier vorbeihuschen sieht und zusammenzuckt (außer dem Pygmäenkönig, mit dem ich mich etwas angefreundet habe. Oder habe ich das geträumt, auch nur geträumt?).

Am südlichen Ende der Insel könne man schön ins Wasser gehen, was auf Mamis Palastseite mit ihrem Steilufer und den Haien nicht möglich war, erklärte mir Ivo – und daß er mich einmal (mit dem einzigen, Mami gehörenden Fahrzeug) mitnehmen wollte.

Auf der vermutlich nicht allzugroßen Insel – es gab ja keine Karte, und ich bin nur dieses eine Mal auf einer verschlungenen Route ans andere

Ende gelangt, ging es recht lebhaft zu. Hinter jeder Palme sozusagen eine dieser hochgewachsenen Schönheiten, die sich wie überall auf der Welt dem Vorbeiziehenden von selbst zeigten. Der Hotzenwald konnte sich, was Bevölkerungsdichte und durchschnittliches Aussehen angeht, mit dem, was ich auf dieser Insel sah, nicht messen.

Ich hatte den Eindruck, daß es bis ans südliche Ende nicht mehr als 10 Kilometer waren. Das Panorama war ganz anders, aber wiederum grandios. Außer Mami, Ivo und mir niemand. Ich ging zwar nicht ins Wasser, sonnte mich aber in den Mr. Bombastic-Unterhosen, die ich in Ziguinchor (»der Ort, an dem du weinen wirst«, noch so eine Sklavenverladestation) im Süden Senegals von der Straße weg gekauft hatte, vom Straßenboden weg, zusammen mit einer Schlangenlederaktenmappe, die ich in meiner Euphorie erstand, zuhause aber niemals vorführen konnte.

Mami, die pudelnackt, wenn auch etwas abseits vom Sizilianer und mir, ausgestreckt im Sand lag, rauchte eine Zigarette nach der anderen. Das war anscheinend ihr Glück. Plötzlich schrie der Sizilianer (dessen Erscheinung im übrigen auch nicht viel hergab, wie ich am Strand feststellen konnte) entsetzlich auf und brach gleichzeitig zusammen. Ich eilte in Richtung diese Geschreis. Sie, die dies doch auch gehört haben mußte, rührte sich nicht. »Das kenne ich schon!« meinte sie nur, als Ivo, offensichtlich im Koma, vor mir lag. »Das geht vorbei!« und ähnliche Sätze rief sie herüber, ich solle drüberpinkeln, meinte sie. Das helfe vielleicht. Es sollte ein Witz sein. Zum Glück verstand Ivo davon kein Wort, und zum Glück gab es keinen weiteren internationalen Zeugen, der dieses Beispiel deutschen Wesens mitansehen mußte und damit zuhause hätte auftrumpfen können, dachte ich.

Es handelte sich um einen Stechrochenstich. Der Stich muß schlimm sein. Selbst ein Ernst Jünger erinnert sich Jahr um Jahr an das Ereignis, als er bei San Pietro auf Sardinien von einem solchen Stechrochen gestochen wurde. Er hat einen Jahrtag daraus gemacht. So zählt er nach seinem 65. Geburtstag eigentlich nicht mehr die Jahre nach seiner Geburt, sondern seit dem Rochenstich, und man kann in seinen Tagebüchern lesen: »Im 33. Jahr nach dem fatalen Stich von San Pietro« (vgl. »Siebzig verweht«, IV) und so fort. Auch seine Bücher soll er so signieren. Jedenfalls: Für Ernst Jünger muß dieser Rochenstich schlimmer gewesen sein als der ganze Erste Weltkrieg zusammen, und dann kommt sowas wie Mami-Adeltrudis und sagt: »Das geht vorbei. Das kenne ich schon!«

Das schöne Leben von Madame Mami ist nun auch vorbei. Abgesehen davon, daß sie mittlerweile auf die 50 zugeht, falls sie noch am Leben ist, hat es sie gleich mehrfach erwischt. Schicksalsschläge wie tropische Fieber, Scheinschwangerschaften, Gürtelrosen und Krankheiten, für die es noch keinen Namen gab, vertrieben sie schließlich von ihrer Insel. Sie hat viel leiden müssen, wie man so sagt, aber ein besserer Mensch wurde sie nicht, so wenig wie ich. Heute soll sie in der Gegend von Trapani, falls sie noch lebt, mit ihrem Pater weitermachen, finanziert von der Cosa Nostra in kleinen Dosen; und im Sommer wird sie noch ein paar Jahre im Unterrock gleich hinter der Haustür sitzen und immer noch warten. Ich werde sie nicht wiedersehen.

Und nun? – Damals war ich trotz allem frei, d.h. ich konnte frei atmen und verdanke meinem Ausflug nach Afrika die Begegnung mit dem schönen Leben und weiß nun, daß es so etwas gibt, ein Leben jenseits der Deutschen Bank, ganz ohne Bankomaten und ohne die Angst vor der Insolvenz. Denn davor, nicht mehr liquid zu sein, hatte ich vielleicht noch mehr Angst, hatte ich ganz gewiß mehr Angst als vor dem Tod, und meinen Freunden geht es genauso: Wir haben mehr Angst vor der eigenen Insolvenz als vor dem eigenen Tod.

Todesangst und Liquiditätsangst sind heute vielleicht dasselbe. Die Angst vor der Insolvenz ist eine Spielart der Todesangst am Ende dieses Jahrtausends in Europa. Das einzige Verbrechen, das auf dieser Welt noch geblieben ist: kein Geld zu haben, sagen zu müssen: »Ich kann nicht bezahlen«, ist die Insolvenz. Und Sieger ist, wer am Ende am meisten auf dem Konto hat. Oder nicht? Von allen Kapitalverbrechen kann man sich freikaufen auf dieser Welt, außer dem einen, kein Kapital zu haben – und ich schrieb in den »Anweisungen die letzten Dinge betreffend« den Satz: »Bitte umbringen, falls ich einmal in die Hände der Deutschen Bank zu fallen drohe. Lieber tot als insolvent!« – Gnade dem Menschen, der in die Insolvenz gerät! Die Versklavung im alten Sinn ist wenig dagegen, so wenig wie der Erste Weltkrieg für Ernst Jünger gegen den Seerochenstich bei San Pietro auf Sardinien.

... die Palmen. Es mußten Palmen sein; selbst noch, wenn sie schwarzweiß aus der Glotze flimmerten, selbst noch die ersten Fernsehpalmen, ich muß es vergleichen mit meiner ersten Frau aus den Wäscheseiten des Neckermann-Kataloges... das Leben so weit weg wie die Palmen. Dazu das Fernglas der Marke Ophthalmos, früher beim Militär eingesetzt (das einzige, was meinem Vater aus dem Zweiten Weltkrieg geblieben war). Das Fernglas von Ophthalmos, nun das Ornithologenfernglas schlechthin, ich hatte es bei mir, denn wenn ich irgendwo angekommen war, das wußte ich von mir, wollte ich immer noch weiter sehen, dahin, wohin es vorerst nicht reichte.

Die Palmen, die ich bisher nur in der Glotze gesehen hatte, hatte ich nun vor mir – die Sehnsucht und dann die Enttäuschung: In Afrika sah es in jener Gegend, die mein Ophthalmos zu mir geholt hatte, genauso aus, genauso wie ohne Fernglas unmittelbar vor meinen Augen... die Palmen waren praktisch dieselben. Ich hatte mich auf die Ferne verlagert und spezialisiert sogar, Herr der Horizontale, vielleicht wegen der 1,59 m möglichst in die Weite, ich nannte es Fernweh. Ziemlich erdgebunden..., meine Metaphysik war horizontal ausgerichtet und dann mein Ausflug nach Afrika im Februar 1984, ich nannte ihn Winterreise... Meine Winterreise – ich sah, daß ich mit meinem Fernglas nicht weitersah, metaphorisch gesprochen, sage ich, und metaphorisch gesehen nicht weiter... ja, es sah alles fast so wie zuhause aus, nur Palmen anstelle der deutschen Linde...

Ich hätte nun auch einmal weinen können.

Das Fernweh: die Flugzeuge, die ich am Himmel entlangziehen sah. In Ermangelung eines Meeres erklärte ich den Himmel zu meinem Ozean und die Düsenjets zu meinen Ozeandampfern, die dieses Blau befuhren...

Manchmal verirrten sich Schwäne vom See zu uns hinauf in den Hotzenwald, und einmal im Jahr sah ich zwei Möwen, die sich auch nur verirrt hatten, für mich aber war dieses Zeichen am Himmel nichts anderes als die reinste Hoffnung.

An dieser Stelle angekommen, wird sich der Leser fragen, was das eine mit dem anderen zu tun habe, und was dieses mit dem Ganzen. Ja, und was hat der Weltschmerz von Lissabon mit meiner Magenverstimmung zu tun? Und was das Ende der Welt mit meiner Reise? Und was das Ganze mit mir und meinen 1,59 m? Und was dies mit dem exakten Erdumfang? Und was die Zwischenlandung mit dem Ziel? Und was die Sterne mit dem Himmel? Und was das Wasser mit dem Meer? Und was der Hotzenwald mit Guinea-Bissau? Was ich mit meinem Ausflug nach Afrika?

P.S.

Auch Ferngespräche, die ich selbst bezahlt habe, werden abgewürgt, von Personen, die doch etwas von mir wollten, die um Rückruf gebeten hatten. Kaum haben sie mich am Telefon, merken sie wohl, daß es ein Fehler war, mich angerufen und gar um Rückruf gebeten zu haben. C'est la vie.

»Ich bin soeben in Afrika gelandet!« kann ich in meinem Tagebuch nachlesen. – Zum ersten Mal in Afrika, und dann so. Habe ich etwas vergessen?

Ich habe fast nur Frauen gesehen, die das immer weniger werdende Holz aus immer ferner liegenden Wäldern holten. Aber das war im Sahel. Die Männer, die für das Eigentliche zuständig waren: Krieg führen, geschlechtsverkehren, Reden halten, zaubern, zelebrieren, autofahren, saßen meist untätig vor der Hütte, da sie kein Auto hatten und auch niemand mehr, mit dem sie hätten Krieg führen können. Also verfielen sie dem Alkohol und warteten auf die Frauen, um sie mit jenem Holzstück zu schlagen, das diese von weither angeschleppt hatten, aus einem abgründigen Ärger, daß es nur Holz war, was sie brachten, und auch aus Enttäuschung, daß es diese Frau und dieses Leben war.

VOLUBILIS

Ich bin nichts anderes als der Ort,
an dem ich mich befinde.
Ich bin nicht mehr als mein Ort.
WOLFGANG HERMANN

Volubilis ist erreichbar, per Exkursion, von allen Veranstaltern angeboten. Die Tour kostet 50 DM ab Hotel in F. und ist eine Halbtagsexkursion, unterwegs Gelegenheit zu einem Imbiß. Alle Marokkoveranstalter haben Volubilis im Programm. Marokkoveranstalter?

Nicht weit von Rio Mayo stießen wir auf Erdöl, las ich in den Erinnerungen eines Entdeckers. Wir waren in der Bar LAS PLUMAS und warteten auf das Ende eines Regens und verkürzten uns die Zeit mit Coca Cola und mit den Erinnerungen eines Entdeckers. Als wir an unserem Ziel ankamen (es war nicht weit vom Ende der Welt, dort, wo Südamerika zu einem Nichts zusammenläuft, Kap Hoorn), war mein Onkel schon gestorben, tot, und ruhte »oben«, unweit vom Haus, das er sich gebaut hatte, auf einem selbstangelegten Friedhof, den er nach dem Vorbild des Heimatfriedhofes gebaut hatte. Ich könnte die Bilder zeigen. Eine Art Silberdistel, die ich von der Pampa weg gepflückt hatte (mit meinem Waschlappen) brachte ich als Gruß von unten mit. Schade, ich hätte dich gerne nach Chatwin gefragt. Denn du hattest Chatwin im Haus. Er fragte nach dem Grab des Banditen, und du hast ihm die Stelle gezeigt, wo dein Lieblingshund in den Boden kam. Er hat alles gleich photographiert. In meiner Bestürzung sagte ich: die Dichter lügen alle (Psalm 116).

Warum nicht Volubilis! sagte ich mir. Es war bei Neckermann, ich stand vor meiner Entscheidung im NUR-Reisebüro. Denn Feuerland hatte ich schon gesehen, nicht aber das damalige Ende der Welt, von Rom aus, versteht sich. Einige Säulen standen noch, oder genauer: waren wieder aufgestellt. Tarschisch war das Ende der Welt von der Bibel aus, etwa auf der Höhe der Säulen des Herkules. Volubilis aber war mein Traum gewesen. Ich machte den Ort erst einmal auf der Karte ausfindig. Er lag – möglicherweise – in der Einflugschneise des Internationalen Flughafens von F. Tatsächlich: Die Säulen waren alle einmal umgekippt, stand im Führer, und ich sah: Der Himmel über Volubilis war blau. Ich lebe ohne Wetterbericht. Nun aber stehen sie wieder, den Touristen zuliebe. An Ort und Stelle hätte ich gerne *Unsichtbare Städte* von Italo Calvino dabeigehabt.

Schon einmal hatte ich das Ende der Welt gesehen. An der Magellanstraße stehend, schaute ich nach Feuerland hinüber, und dann fuhren wir wieder zurück. Auf dem Rückweg (wohin noch mal?) noch ein Schaf angefahren, das unser Auto beschädigte. Scheiße, sagte der Fahrer, nicht ich, auf Spanisch; und einmal »Scheiße« pro Seite genügt. Erinnere ich. Das ist alles. Noch einmal an die Stelle zurück, von der aus ich das Ende der Welt nicht betrat. Für die letzten Meter, für das Boot blieb nämlich keine Zeit mehr, denn wir mußten vor Einbruch der Dunkelheit zurücksein (wo noch mal?). Läßt sich aber doch etwas sagen? Es gibt die kleinsten Pinguine der Welt vor Ort, der Himmel ist zerzaust und der Wind enorm.

In Hailey, Idaho, sah ich das Geburtshaus von Ezra Pound wohl als erster aus meinem Dorf. Es war aus Holz, und es stand noch, klein und weiß. Davor ein Fahrzeug mit Behindertenausweis, den es damals noch nicht gab.

In Whitefish, Montana, stieß ich auf einen Mann, den ich grüße. Er sagte mir, er habe das Ende der Welt gesehen. Das war irgendwo in Südost-Wyoming. Er war mit dem Lastwagen dort, auf dem Hinweg Shrimps, auf dem Rückweg: ich hab' es vergessen. Also noch einer, der mit dem Ende der Welt auftrumpfen konnte. Nun aber erzähle ich selbst meine Geschichten, wenn ich unterwegs bin, und bin in Fahrt. Zuerst der Rotwein, und dann melde ich meine Laster, so zum Beispiel: Todesanzeigen sammeln. Immer wieder ein Auflachen, auch wegen der Todesanzeigen und nur in Gesellschaft, allein lache ich nie.

Was aber, wenn nun irgendwann der Himmel über uns einstürzt, wie die Kelten glaubten, die meine Vorfahren gewesen sein könnten und ausgestorben sind, ohne daß sich ihre Furcht bewahrheitet hätte? Zu allem fast immer nur zu zweit unterwegs, eine echte Dichotomie, sagen die Zahlenmystiker, denn alles fängt erst bei der Drei an, so auch die Christen.

Die Zeiten, als man mit einer bloßen Reise noch berühmt werden konnte, sind vorbei. Kapitän Cook ist berühmt allein seiner Reisen wegen, die alle auf seine letzte hinausliefen: Da wurde er nämlich von den Wilden gefressen. Nun bin ich aber verwirrt: War es auf den Gesellschaftsinseln oder auf Samoa? Ich weiß nur: Seemann, deine Heimat ist das Meer, ob in Rio und Shanghai, ob auf Bali und Hawaii! So sangen wir auf dem Weg an die Magellanstraße und waren in Fahrt.

Verfluchte Grenzen! Wie soll ich ans Ende der Welt kommen? Einen Paß gibt es, gewiß, aber er gehört nicht mir. Er ist Eigentum der Bundesrepublik Deutschland. Und ich fürchte, ich bin es auch: Staatseigentum, das um Grenzüberschreitung bitten muß. Wie soll ich da, jenseits meiner Illusion, überhaupt irgendwo hinkommen? Ich komme ja nicht einmal in die Schweiz, ohne daß ich möglicherweise schikaniert werde. Wie werde ich schikaniert, und zwar von beiden Seiten! Schwamm drüber! Da muß unsereiner verzichten. Jeder Zugvogel kommt weiter. Soll ich mir aufzählen, wohin ich nicht gekommen bin?

Zum Beispiel Grenze Peru–Ekuador. Da hat man meine Lieblingscassette beschlagnahmt, *Libertad Lamarque, El Dia que me quieras*, den Walkman dazu, nachdem ich auf den Tausch nicht eingegangen war: Der Zöllner hat mir farbige Glasperlen geboten, wie damals. Oder im Süden vom Senegal, mit einem Lastwagen bis zur Grenze, Flüsse überquert auf zwei Balken, Fahrer betrunken, alles ging gut. Aber dann war es zu Ende. Bevor ich zurückfahren konnte, saß ich noch einen Tag fest, eine Zeit, die bei AI vielleicht als Folter gilt. Warum all dies?

Das Ende der Welt wird kommen, das ist gewiß, und ich bin nur unterwegs, unter meinesgleichen, bockwurstfressenden Ungeheuern, lebenslänglich vertuschtem Unglück oder nicht. Und dann sollte ich als Ehrengast mit bloßen Händen das gelbliche, nicht näher definierbare Mahl aus der Schüssel fressen, zusammen mit ihnen. Angst vor einer Gelbsucht hatte ich auch, und außerdem Mitleid, Angst und Mitleid. Doch das war nichts gegen meine Erfahrungen am Kreuzlinger Zoll. Jetzt erst verstehe ich, was es heißt, daß Jesus bei einem Zöllner zu Gast war, ja, Jesus war zweifellos größer als meinesgleichen, war auch viel unterwegs, alles zu Fuß, wenn man den Esel abzieht oder das Schiff, gelegentlich auch im Ausland und in der Wüste.

Ich verstehe jetzt: Er meinte das Ende der Welt so, wie er es meinte. Was aber ist mit mir, und wo ist auf einer Kugel das Ende? Ich muß mir immer wieder sagen lassen, daß ich die ganze Zeit auf einer Kugel unterwegs bin, eine schöne Reise, nicht wahr? Du hast es gut, kann ich mir sagen, kannst überall hin. Dir droht kein Zurückgeflogenwerden in dein »Heimatland« vom Flughafen Ffm aus, von dem aus du hinfliegen kannst, wohin du willst. Keine zwangsweise Rückkehr in deine Heimat, und wär's der Irak, nein, du bist auf ein Asyl nicht angewiesen, kannst gehen, gehen, wohin du willst, Addios, Nonino!

Aber vielleicht meine ich etwas ganz anderes. Doch nun Schluß!

The only thing worse than moving is staying where you are

Mark Tobey

Brief auf den Heuberg [*]

[*] An die Galeristin Gerlinde Wohlhüter-Frei anläßlich ihres Grenzraum-Symposiums

Sonderbar, aber es gab Menschen, die sich auf all dies noch etwas einbildeten. Wenn es dieses Straßenbeispiel nicht gegeben hätte, wäre ich ratlos gewesen, was die Grenze betrifft; und auch die Lerchen flogen, ungenehmigt von irgendwelchen Verwaltungstrotteln oder -furien, am gemeinsamen Himmel hin und her und ließen sich weniger sagen als die immer schon in alle Richtungen form- oder verformbare Masse. Der Begriff Form hat da nichts zu tun mit Eurem Skulpturenfeld. Aber das, was ich auf dem Feld hervorgehoben oder abgegrenzt gesehen habe, sagt mir, ich sollte jetzt erst einmal anhalten, innehalten und verweilen.

Es ist hier eine Sehschule für die Zukunft eingerichtet, die Frage nach der richtigen Brille stellt sich. Oder noch besser: gar keine Brille mehr. Wir brauchen keine Brille, sondern Euer Skulpturenfeld, ein Wort, das weder einfach zu sprechen ist noch in die Schreibmaschine zu tippen, aber sichtbar und evident, so wie die Skulpturen auf dem Skulpturenfeld.

Die Tante lebt ja nicht mehr, die wäre ja schon über den ersten Buchstaben, das hürdenartige S gestrauchelt. Was hätte sie zu diesen Sachen gesagt? Und was sagen die anderen dazu? Es gibt, das weiß ich, eigentlich nur noch bei uns eine wirkliche Neugier, auch auf die Kunst. Unser Heuberg ist unversaut durch Deutsche-Bank-Schalterraum-Kunst-Präsentationen, die nächste Zweigstelle liegt doch in Tuttlingen. Oder? Eine Neugier also, die ich mit der Neugier jener Menschen vergleiche, die einst an den

Ufern der sogenannten Neuen Welt standen und staunten und vielleicht erschraken, denn, wie Lichtenberg sagt: Als die Indianer den Kolumbus entdeckten, machten sie eine böse Entdeckung. Nicht böse, aber verstörend mag eine solche Entdeckung bei Euch oben sein. Erst neugierig, dann staunend, dann vielleicht erschrocken, aber nicht verstört – so werden sie in die Welt schauen. Ganz selten einmal wird es Zeichen des Mißfallens und des Vandalismus geben. Die Neugier überwiegt und die Begeisterung, auch meine, so daß das Feld schon ein kleiner Wallfahrtsort geworden ist, eine letzte Station vor Beuron oder dem Himmel. Gleichgültig, aus welcher Richtung man kommt: Immer geht es zu Euch hinauf, es ist auch ein kleiner heiliger Berg, auf dem das Skulpturenfeld liegt oder steht, in dem Sinne heilig und abgesondert, daß es nicht mehr für die Traktoren da ist, sondern für uns, liebe Gerlinde. Wir wollen das Feld ausschreiten, so weit wir kommen.

Es müssen ganz besonders grobe Menschen gewesen sein, die vor einem Vierteljahrhundert die Grenzen neu gezogen haben. Es waren dieses Mal keine Krieger, sondern nur ehemalige wie der Kriegsrichter Filbinger und seine Leuchte rechter Hand vom Bodensee, genannt »Der Schiess«, die generalstabsmäßig neue Striche gezogen haben. Die Leithammel der sogenannten Reform (eigentlich ein schönes Wort) verzehren nun für ihre monströse Tat eine monströse Pension So ist das auf dieser Welt, Gerlinde, und nun werde ich von den sogenannten Verwal-

nicht hierher kommen, in den Raum des Grenz-raum-Symposiums. Schade. Denn er versäumt etwas. Etwas Sichtbares, wo Himmel und Erde zusammenkommen. Ich habe es gesehen. Frei-lich, liebe Gerlinde geb. Frei, ganz ungefährlich ist eine solche Begegnung nicht.

Das Schöne ist doch auch das Gefährliche. Und das ist wahr. Wie aber nun auch noch das Wort »schön« definieren, das heißt doch: begren-zen in diesem Raum?

P.S.:
Mittlerweile habe ich auch einige der Grenz-raum-Installationen gesehen, und ich muß sa-gen: Sie haben den Heuberg verändert und auch bis zu seinem Fluß hin, wo nun in der Donau ein gastlicher Tisch steht, der vielleicht auf Schwim-mer und Fische wartet.

Ich will Dir nun von einer Begegnung schrei-ben. Es war gegen Abend in einem Mittelklasse-wagen der Marke Passat mit folgenden Perso-nen: Frau Sylvia Methfessel, eine weitere Dame vom Bodensee, die so zum ersten Mal auf den Heuberg kam, ich in meinem Pepita-Sakko und am Steuer der altbewährte, korkengelockte Bo-denseeverächter J. Kuhn aus Wald bei Rothen-lachen, früher Überlingen, Nachfahr des Afrika-Pioniers Schweinfurth. Der Nachfahr also als unser Grenzraum-Experte. Er hatte mich schon oben an der Straße beim Buchheimer Hans, dem Aussichtspunkt Nr. 3 (nach Nr. 1 Witthoh ob Tuttlingen und Nr. 2 Raumstation MIR), ge-warnt, wir würden jetzt gleich abbiegen und ich solle nicht zu sehr erschrecken dann. Ein knallrotes Fahrzeug, Ford Taunus älterer Bauart, gleichmäßig gefüllt mit vier ebensolchen Damen, die erschüttert, vielleicht auch durch den Steinweg, oder erheitert schienen, kamen von unten her auf uns zugefahren. Das Getreide war noch nicht abgeerntet, ihr Wagen schwankte an uns vorbei. Sie lachten nun unverhohlen und wir lachten zurück, da wir uns sicher waren, daß sie nicht über uns lachten. Ihre Erheiterung schien ernst. Sie bogen Richtung Buchheim ein, um erneut am Leben teilzunehmen. Ich fürchte, ich werde sie niemals wiedersehen. Wir aber fuhren nun hinunter zur Mulde zwischen dem letzten Kalksteinfelsen und einem Wäldchen, unser Fahrer hielt in gemessenem Abstand. Der Schreck war groß, als ich in naher Ferne mitten in der Wiesenmulde einen majestätischen Sarkophag entdeckte. Oder war es ein stehengebliebenes und/oder umfunktioniertes Güllenfaß, wie Frau Methfessel meinte, eine Meinung, der ich mich zunächst anschloß, um den Anblick auszuhalten? Dann mußten wir alle lachen, zunächst, wie wohl alle, die hierherfinden. Denn es war die Angst, das Phänomen machte Angst, auch war es ein wenig so wie bei einer Beerdigung: die Angst, furchtbar lachen zu müssen, wo es vielleicht zum Weinen ist. Wir wagten uns aber doch näher und heran. Wir umschritten das Gebilde wie die ersten Menschen, vielleicht in der Furcht, es könnte explodieren oder es könnte eine Auferstehung geben. Und auch, um irgendwie dahinter zu kommen. Ein Ufo war es nicht, aber

So gesehen im Sommer 1997

irgendetwas Heiliges, Erschreckendes, ein Mysterium tremendum et fascinosum.

Herr Kuhn, der schon hiergewesen war, erklärte uns nun dieses und jenes, nannte auch den Namen des Künstlers, denn daß wir vor einem Kunstwerk standen, war mir mittlerweile klar. Er sagte, daß man in es auch hineinschauen und hineinrufen könne, zeigte uns die entsprechende Stelle und machte es vor. Was sollte ich sehen? Was hineinrufen? Etwas zum Leben? Daß es kurz und schmerzlich ist und dagegen ewig am längsten währt? Daß der Krug zum Brunnen geht, wo er bricht? Daß es – das Leben – wie einmal das Dorf hinauf und hinunter ist, wie ich von einer Fünfundneunzigjährigen hörte? »Daß du«, wie es ein verstorbener Freund aus meinem Dorf sagte: »um's Rumluege nimme Numluege kaschd«?

Das war eine – meine Grenzraum-Erfahrung. Plötzlich stand ich vor einer wirklichen Grenze. Mir fiel »der Tod« ein, und mir fiel »ich« ein.

Dieser schauderhafte Ort, mitten in diesem Leben und mitten in dieser Wiese. Wie am Zollerngraben, nur erschütternder. Wir fuhren zurück, da kam auch schon die nächste Fuhre an, noch respektlos. Sie fuhren mit ihrem Fahrzeug direkt neben den Sarkophag, parallel zu ihm parkten sie. Aber vielleicht ist ihnen, was ich nicht weiß, das Lachen auch vergangen. Wer weiß, denn der Heuberger ist an sich Abraham-a-Sancta-Clarahaft, unerschrocken und auch einmal respektlos – nachmaulig. Dem Tod gegenüber oft frech, nur dem Staat gegenüber von

einer selten gewordenen Obrigkeitshörigkeit
(s.o.). Gewiß und wenn überhaupt! Vor diesem
Mahnmal und Grenzraum-memento-mori ließ
sich ein Heuberger eher in die Schranken seiner
Existenz weisen als durch das wunderschöne,
mistgabelartige in die Höhe strebende Gebilde,
das ich gleich nach Leibertingen ganz oben
stehen sah.

Ziemlich erschlagen saßen wir alle in unserem Mittelklassewagen.

Ich fragte Herrn Kuhn:

»Ist das, was wir da gesehen haben, käuflich?«

»Ist es ein Kunstwerk?« fragte die Überlinge-
rin. Ich schloß mich dieser Frage an.

Herr Kuhn sagte: »Es gibt eine Preisliste.«

Frau Methfessel: »Ein Mulden-Abgrund.«

Jetzt aber erst einmal einen Schnaps! Ab ins
gute »Alte Schiff« nach Tuttlingen!

Noch im Passat, etwa auf der Höhe von Berg-
steig war mir klar:

Ein Kunstwerk – und ich weiß auch, warum:
Auf einmal habe ich wieder gesehen. Ich wurde
durch dieses Grenzraum-Phänomen daran erinnert, daß die Augen zum Sehen da sind! Und alle
anderen, die unten waren, auch.

Im »Alten Schiff« bekamen wir wieder Ober-
wasser. Das gute Essen brauchten wir, um erneut am Leben teilzunehmen. Ich glaube, wir
hatten alle das Gefühl, eigentlich auf einem
Leichenessen zu sein, nach allem. Von da auch
der Schnaps und die Heiterkeit, die schließlich
doch noch einmal zurückkehrte.

GOING SOUTH GOING NORTH GOING EAST GOING WEST GOING

Stichworte von Mitte 1993

Der Mississippi bei Trempealeau im Sommer 1993

war. Die Palmen sind aus Plastik. Die Paare verschwinden, zum Essen, ins Bett, was weiß ich! Der Pianist bleibt. Er wird von nichts gestört, nur von der zweiten Musik aus dem Nebenraum, vielleicht. Don Quixote hatte es nicht so schwer. Was war schon die Sonne der Meseta gegen das Schweigen in der Lobby eines Hotels von Mexico City! Die Frau an der Rezeption telefoniert wohl auch nicht mit ihrem Liebhaber. Ein Mädchen mit einem Müllsack. Der Pianist spielt lauter. Will er den Auftritt übertönen? Neue Gäste kommen. Die Dame am Empfang lächelt wie bei einem Wiedersehen nach langer Zeit. Wartet nur, spätestens wenn die Koffer ausgepackt sind, ist alles wie zuhause an einem verregneten Sonntag.

TEOTIHUACAN. Die Götter? Ein Vorwand, die den Menschen bestimmende Grausamkeit zu rechtfertigen? Die eigene Lust zu besänftigen, nicht die der Götter? Der Mensch? Ein schmerzempfindliches Unglück, ein schmerzerregendes Unglück? Auf der Pyramide... Ich versage mir, zur obersten Spitze (dorthin, von wo die Opfer hinuntergestürzt wurden, zur Besänftigung der Götter... und zur Lust der Menschen) zu gehen. Dort, auf dem Plateau stehen heute Leute mit ADIDAS-Mützen herum, ich nehme an, um sich vor der Sonne zu schützen (der sie doch huldigen?). Ja, mit ausgestreckten Armen huldigen sie der Sonne. Eine Art Priester drängt sich auch heute in den Mittelpunkt. Er trägt eine Art Stirnband mit (selbsterfundenen?) goldenen Zeichen in der Mitte. Hier kann man allenfalls noch zum unbekannten Gott beten. Es sind einige hundert Menschen, die dort oben stehen. Hoffentlich stürzen wir nicht ein! dachte ich schon, und ähnlichen Unsinn. Der wohl selbsternannte Sonnenpriester ist auch Andenkenverkäufer, zwischendurch, wie ich sehe.

Ich habe hier nichts zu lachen. Allein schon als Zeichen gegen die neuen, ebenso falschen Götter hat dieser Mensch da oben, der sich seine Gebete und Zeichen wohl alle selbst ausdenken muß, sein Recht. Die *Götter* sind geflohen, aber nicht seinetwegen. Zeichen bleiben, was sie waren: Pyramide, Sonne, ausgestreckte Hände.

In der Kathedrale, erster Altar links vom Hauptportal aus: Engel unter sich: vor einem Engel aus dem 18. Jahrhundert, golden, hölzern, einer aus dem zwanzigsten: blond, lebendig...

Was ich mache, fragt man. Ich habe Bücher geschrieben. Ob sie übersetzt seien. Nein. Wovon sie handelten? Was soll ich zu meinem Buch FEUERLAND sagen? Ein Protagonist flüchtet, ans Ende der Welt, von ihm aus gesehen, und entdeckt, daß dort alles ganz wie zuhause ist.

Eine Frau kommt auf mich zu und sagt, sie möchte mich heiraten. Wohl eine Verrückte.

PUEBLA. Lese ein Buch von Carlos Fuentes. »Was du sterben nennst, ist einfach nur der letzte Schmerz« ist der einzige Satz, den ich behalten habe. Und er ist nicht einmal von Fuentes, sondern erscheint als Motto, er ist von allen, für alle. Die Stadt Puebla ist wunderschön und steht unter dem Patrimonium der UNESCO. Freiburg, das diesen Schutz für das Münster beantragt hat, ist durchgefallen. Vielleicht habe ich im Bus hierher Läuse bekommen? Wieder fragt mich einer, was in meinem Buch stehe: Der Ich-Erzähler erkennt, daß er mit Feuerland nicht das Ende der Welt, sondern nur das Ende seiner Möglichkeiten erreicht hat.

Reisende sind unterwegs, deren einziger Är-ger bettelnde Kinder zu sein scheinen: zum Teufel mit ihnen. Ein Mann auf einem Baum: bestimmt nicht Zacharias. Vielleicht ein Elektri-ker, der einen Lautsprecher am Zokalo von Puebla montieren möchte. Morgen kommt ein Star, ein Messias. Puebla – eine Stadt des In-mei-nem-Reich-geht-die-Sonne-nicht-unter-Königs. Auch über Freiburg, die Stadt, die er ebenfalls nie betreten hat, herrschte er. Auf der Mitte des Platzes Tausende von goldenen Anhängern, meist Kreuzchen. Goldene Hakenkreuzchen... muß es doch auch gegeben haben? Alle eingeschmol-zen? Die Kreuzchen hier zumeist ohne Corpus, denn das hätte die Indianer zu sehr an das Menschenopfer (der Azteken) erinnert...

Eine Frau, eine Obdachlose, schläft auf dem Boden, verstört mich mehr als die deutsche Ein-heit, nach der man mich ununterbrochen fragt.

Auf dem Rückweg Hund überfahren vom Bus, der mich weitergebracht hat. Ich betete ein Re-quiem aeternam für ihn.

Die Leute hier betrachten einen Fernsehgerä-teprospekt so, wie sie früher Heiligenbilder be-trachteten. Vielleicht betrachteten sie früher Hei-ligenbilder so, wie sie heute Fernsehgerätepro-spekte betrachten.

Auch noch der Schmerz, der vom Glück, von ihm her kam, ist ein Glück, ein Geschenk, das allem Sinn gibt, auch dem Unsinn. So ein Unsinn kann einem natürlich nur bei einem Liter Tequila einfallen. Oder als Nachwehen einer katholischen Menschwerdung? Außerdem noch im Radio: »*Questa ultima noche de amor...*« – die ist sicher erfunden. Radio und Aberglaube: Ich soll Coca Cola trinken.

Wir überholen einen leeren Viehwagen, mehrstöckig. Auf dem Rückweg vom Schlachthof. Von der Ladung noch etwas Mist, eine Erinnerung an bessere Tage. Ein Überlandbus mit Video. Die Reisenden werden in einen Kriegsfilm hineingezogen, der nur aus Explosionen und Schreien besteht.

YUCATAN. Cancun: das internationale Nichts. Was für ein Unterschied zwischen Nice trip! und Buen Viaje! Weiterfahren! In einer Hütte am Meer, bei Tulum, 100 Kilometer südlich des grausigen Cancun. Das Meer ist freilich nie enttäuschend. Nur der Rest ist enttäuschend.

CHICHEN ITZA. Das war doch mein Ziel? Doch gerade hier träume ich von den Schmetterlingen im Schmetterlinghaus zu Wien. Hier habe ich noch keinen Schmetterling gesehen.

UXMAL. Bei den Ruinen. Alles in Ordnung. Ich kann schlafen, habe kein Zahnweh, friere nicht. Bei den Ruinen-Treppen: Religionen als Psychoterror. Hier symbolisiert in Treppen, die steiler sind als alle Treppen. Das abendländische Äquivalent wäre: der Anblick eines Jüngsten Gerichts, einer Hölle auf der Fassade einer Kathe-

Dann kommt noch Zigeunermusik. Dies alles ist die Strafe für den fürchterlichen Esterhazy-Auftritt im Kaufhaus Horten in Singen, den du vermittelt hast, sage ich mir. Das ist die Strafe dafür, daß du den zukünftigen *Chef des Hauses*, den Verfasser des Buches DONAU-ABWÄRTS in der Unterhosenabteilung eines Kaufhauses hast lesen lassen.

Graz-la-belle, müßte ich beinahe sagen. Die Leute mehr als sympathisch, Kolleritsch und alle, der Abend aber mißglückt. Ich wollte fliehen. Aber auf einer Kugel ist dies nicht recht möglich. Auf der langen Rückreise (das Wort hat in meinem Zusammenhang keinen rechten Sinn) las ich dann noch, daß der Präsident von Peru seine Gegner als »homosexuelles Gesindel« beschimpft und sich somit Präsident Pinochet anschließt. Man muß lachen.

JUNI, CORFU. Ich fahre aus Langeweile zum Sonnenuntergang an die Westküste, wo ich mich aus Langeweile betrinke. Am Meer zitiere ich dann eine Benn-Strophe; und auch jetzt, ohne zu kontrollieren, ob meine Erinnerung recht hat:

Leukee, die weiße Insel des Achill.
Bisweilen hört man ihn den Päan singen.
Vögel mit den vom Meer benetzten Schwingen
streifen die Tempelwand, sonst ist es still.

Schönwetterfront, abscheuliches Wort. Im Winter werde ich mit dem Studium der Goldenen Latinität beginnen. Wozu bin ich sonst noch in

Freiburg! Doch nicht wegen Freiburg? Horaz spricht von ›senectus‹ und ›carpe diem‹: von diesem um den Schmerz bereicherten Verlangen des Alters. Horaz dachte dabei an die Gegend um die 40; und auch noch um 1600 wird von Shakespeare eine Jahreszahl genannt: »When forty winters shall besiege thy brow and dig deep trenches in thy beautie's field...« Einen Tag später, am Glifada beach. (Die Griechen nennen ihre Strände nun auch ›beach‹.) Inmitten des Gestade-Rummels frage ich: Haben Sie Cola light?

Sei klug, trink Wein. Und der kurzen Zeit räum' nicht lange Hoffnung ein. (Nach Horaz)

Ich warte auf meine Freundin aus Salzburg, die morgen eintreffen wird. Neben mir zwei Männer an einem Tisch. Sind das etwa – ? Gott sei Dank! Eine Frau erscheint. Die Welt ist für den Rest der Welt wieder in Ordnung.

Casanova hat in der Straße, in der ich wohne, eine Frau verführt und mußte abreisen. Damit brüstet er sich in seinen Memoiren. Die Frau war eine Hure.

Ich flüchte mich ins Meer, das immer unvergleichlich ist. Auch vom Hotelbett aus. Die Einsamkeit vor Ort bekommt mir schlecht. Es heißt zwar bei Djuna Barnes' Vater: ein Mensch, der etwas auf sich hält, bleibt allein, und ich gebe ihm im Angesicht dieser Menschheit aus aller Herren Länder (vor allem aus Herren-Ländern) ja recht. Dennoch: die Abende sind lang. Ich vertreibe mir die Zeit mit dem Aufs-Meer-Hinausschauen. Es ist ja ein Luxusproblem, ich hätte ja auch zuhause bleiben können.

Die Gotik war ja auch eine Weltanschauung, die nach oben drängte. Das Hochhaus mir gegenüber versucht es ebenfalls.

Vielleicht ist ein Marterpfahl etwas Sakrales. Ich habe auch von Heiligen Bergen der Indianer gehört, aber von den Leuten, die Chicago gebaut haben, ist *etwas* Sakrales nicht zu erwarten. Oder? Auch die hierher verfrachtete europäische Malerei hat den Transport nicht überstanden, ist tot.

Heute auf dem *höchsten* Gebäude der Welt, dem Sears Tower. Vor einigen Tagen auf dem *zweithöchsten*, dem World Trade Center. Vorher schon auf dem *berühmtesten* EMPIRE STATE BUILDING (Selbstauskunft). Doch ich fühle mich gar nicht erhoben. Der Freiburger Münsterturm überragt diese Türme hier bei weitem – und erst der 1000jährige Kirchturm von Rast! (23 m).

Im Trump Tower ist alles Gold, falsches Gold, gewiß, aber es glänzt. Erst läßt man sich einschüchtern. Vielleicht entdeckt man dann noch die Grobheit des Ganzen.

Wisconsin ist wunderschön. Gegen Abend erreicht der Zug den Mississippi. Wir sind ganz nah bei Trempealeau, wo Tobey aufgewachsen ist.

Ich habe Trempealeau gesehen!

Leider ging Aussteigen und Bleiben nicht. Hochwasser. So bin ich über mein Ziel hinausgefahren.

Der Zug fuhr auf der anderen Seite noch ein Stück den Mississippi aufwärts, auch noch über den Einbruch der Dunkelheit hinaus; und wenige Lichter flackerten über dem breiten Wasser.

Zurück zu »Schuld und Sühne«. Ich habe jetzt

einen Mörder als Freund: Raskolnikow, (wenigstens eine Zeit lang, wie auch im Leben; später, etwa auf Seite x entfernen wir uns wieder voneinander). Noch einmal, nachdem der Mississippi hinter mir liegt, muß ich noch einmal über das Ziel nachdenken.

In Whitefish, einem Ort, dessen Namen ich mir nicht hätte ausdenken können, mit Mühe eine Herberge gefunden: alpenländischer Stil. Wir sind im Glacier National Park. Es regnet. Es gibt kein Taxi, es ist dunkel. Der Bahnvorstand will schließen. Der Zug ist fort.

Ich weiß nicht mehr, wie ich in den »Comfort Inn« gekommen bin.

Soll ich mich weiter durchmogeln? Und doch ist es schön, im PANORAMAWAGEN von Atlantik zum Pazifik zu reisen. Ab und zu auszusteigen und zu übernachten in Gegenden, wo früher die Indianer übernachteten.

»Leute laufen hier rum!!!« entrüstet sich eine Frau mir gegenüber, als sie den ersten Zisterzienser ihres Lebens sieht, der ebenfalls ein Stück weit GOING WEST im Panoramawagen sitzt. Warum, weiß ich nicht.

WHITEFISH. In einem Saloon, wunderbar, die Stühle auf Rollen, und nach oben geht eine Treppe wie in den Filmen. Die Jahreszahl 1904 deutet auf Urgeschichte. Die zweistelligen Telefonnummern und die anderen Erinnerungen von einst. Einer, schon angetrunken, fragt mich, warum ich hier sei, und ob ich mich etwa ansiedeln möchte. Er habe auch die ganze Welt bereist und sei mit seinem Lastwagen überall gewesen. Mit einer diffusen Handbewegung über sich selbst hinaus, irgendwo nach hinten, zeigt er mir, wie es nach Südamerika geht. Aber ich soll hierbleiben, so wie er auch. Der Mann hat keine Zähne mehr, und auch sonst sieht er ziemlich ausgenommen aus. Aber nach einer Mark fragt er mich nicht.

SEATTLE. Das erste, was ich an solchen Städten entdecke: Angebote zu entkommen, Leuchtreklame von Fluggesellschaften, die mich wissen lassen, wie ich am schnellsten von hier wegkomme. Dabei ist Seattle eine schöne Stadt. Hochhäuser und Totempfähle in unmöglicher Nachbarschaft. Jetzt soll ich nur nicht so tun, als ob das eine besser als das andere wäre. Was war (*ist* kann ich ja nicht mehr sagen) schon ein Totempfahl!

Tobey hat hier gelebt. Daher bin ich nach Seattle gefahren, das ich nur dem Namen nach kannte. Die ersten Tobeys habe ich schon im McDonald gesehen: das Muster auf den Resopaltischen, sehr schön, erinnerte mich an Bilder von Tobey wie »Early Light« oder Meditation IV.

Seattle, morgens. Brillen und Zigaretten sind verpönt, für Looser.

Seattle ist international... Die Indianer sitzen mit aufgequollenen Gesichtern in der Stadt herum, die man ihnen hingebaut hat.

Zu meinem Reiseführer: Spätestens beim Satz: »An einigen Ständen wird Obst und Gemüse geboten, an den meisten jedoch gibt es kleine, warme Gerichte« wußte ich, daß ich den falschen gekauft hatte.

Ich studiere lieber die überall angebotenen Immobilienhefte. Es steht fast alles zum Verkauf.

Anstelle von Argumenten und Scham: die Fahne? Anstelle der Auseinandersetzung mit der schmählichen Geschichte: die Flucht in die Hymne? Alles wird mit der Fahne zugedeckt, mit der Hymne übertönt? Ist das Ideologie? Wie könnte es schon anders sein, wo doch die eigene Existenz notwendigerweise mit der Auslöschung der anderen verbunden ist? Dies zu wissen ist schon sträflich?

AM KRATERSEE. Er war den Indianern heilig. Mir war er so blau, wie nie ein See zuvor. Vor den Weißen wurde er geheimgehalten. Er wurde von ihnen auch nur per Zufall im letzten Jahrhundert entdeckt. Bis dahin ohne Fische, wurde sogleich mit der Forellenzucht begonnen.

Wenn ich das Wort *Main-stream*-Amerika nur schon höre!

Nachtrag: Im Museum of Modern Art (San Francisco) hätte ich gern ein Gästebuch gehabt: Ich hätte hineinschreiben müssen: The worst collection of the world I ever saw. (Wie immer im Englischen nur das Wort *I* groß, worüber sich Müller in seinem Indianer-Buch so empört.)

Bei Dostojewski: Die Ewigkeit als ein kleines, schäbiges Badezimmer auf dem Land, mit Spinnen. (Das wäre die Hölle.)

Habe fast den ganzen Tag gebraucht, mich an den Tag zu gewöhnen.

»Das Nachtleben gibt nicht viel her«. Noch ein Satz, den ich in meinem idiotischen Reiseführer fand. Was soll das: Nachtleben? Meint er *Ficken* oder *Saufen* oder sonst ein Vergnügen?

»Schuld und Sühne« zu Ende. Die neue Übersetzung soll genauer sein und heißt: »Verbrechen und Bestrafung«. Das klingt nach gar nichts. Das Hauptwerk von Dostojewski scheint mir nach allem doch sein Leben zu sein, gipfelnd in jenem Grab, an dem ich vor einigen Tagen stand, gipfelnd in einem Grabspruch: »Wenn das Weizenkorn nicht in die Erde fällt...«. Die Story ist fragwürdig, vor allem das in Aussicht gestellte Happy End, obwohl mir der Schlußsatz selbst wieder unerhört imponiert: »Aber das ist eine andere Geschichte«. Nein, die erzählte Geschichte, dieses plausible Zuende-Erzählen bewegt mich doch nicht. Das Buch ist da großartig, wo es nicht großartig sein will. Raskolnikow bleibt unsympathisch zurück, obwohl ich zwischendurch glaubte, einen Mörder als Freund zu haben. Und Sofja, Awdotja und die Mutter: leblos, Gedanken Dostojewskis. Aber die Gezeichneten, aber der besoffene Beamte, der seine Auferstehungsrede hält! Oder das Leben, das sich gegen das Leben empört und doch nur zugrunde geht. Die Todesszene, der Tod dieses Beamten mit allem »Drum und Dran«: das ist Leben. Das »Gedächtnismahl«...

Ein Resümee aus allem? (Vgl. Überschrift.)

»ZUHAUSE«. Ich bin noch nicht ganz da, schaue, wie man zum Zugfenster hinausschaut, wenn man das Buch zu Ende gelesen hat und weiterliest...

Auf der Durchreise

Früher hatte ich, am See stehend, keinen anderen Wunsch als den, daß alles bliebe. So, wie es war. Heute lebe ich in Freiburg. Das Münster ist nur eine Kirche, höre ich. »It's only a church!« Nur eine Kirche, meldete die Besucherin aus Übersee ihrer Freundin, die draußen auf sie gewartet hatte. Und die Freiburger Bächle? Was sind die schon anderes als eine schmerzliche Erinnerung daran, daß ich nicht mehr am Bodensee bin!

Erinnerung, zweite Gegenwart. Der Blick geht zurück und hinab. Schon damals war es ein Hinabsteigen. Wir wohnten oben, über dem See, hinter dem See. Man konnte über ihn hinwegschauen bis zum Säntis, der Mitte meines damaligen »Weltbildes«. Vom heimatlichen Friedhof aus, dem Heimatfriedhof, der Mutter aller Friedhöfe, sah man fast alles. Den See dazwischen konnte ich mir dazudenken, und ich dachte ihn mir dazu. Die Erinnerung zeigt mir altmodische Grabsteine, Kreuze, die mich hätten erschlagen können. Auf ihnen stand noch der Ort, wo der Tote gestorben war. Meine erste Erinnerung an Konstanz: »Gestorben zu Konstanz« stand auf dem Grabstein meines Urgroßvaters und auf dem Sterbebildchen für seine lieben Angehörigen und für alle, die ihn kannten und mittlerweile restlos ausgestorben sind. Gestorben zu Konstanz – der Ort war gut gewählt, aber so weit weg zum Sterben? Was für ein Tod steckte dahinter?

Die zweite Erinnerung, die Heimatfriedhof und Bodensee vermählt: die Reichenau. Nicht die Kirche, nicht die Insel, von der ich nichts wußte.

Die Reichenau war eine riesige Irrenanstalt. Das Wort bedeutete: verunstaltetes Leben, Irrlicht, Verlorenheit. Die Reichenau war ein Fanal. Es gab, vom Heimatfriedhof aus gesehen, eine Linie, die von einem gestörten Leben über die Reichenau geradewegs auf diesen Friedhof zurückführte. Es war so: Der Selbstmörder konnte noch vom Kälberstrick weg, vom Balkon unter dem Heustockdach gerettet werden. Es war gerade noch einmal gutgegangen. Dann aber drohte eine geistesgestörte Zeit in der Zwangsjacke. Zurückkehren konnte man von der Reichenau nur als Toter. Ruhe gab es erst vor Ort, im Einzelgrab.

Doch es gab auch gute Gräber, die meine Erinnerung mit dem See verbindet. Auf dem Weg nach Konstanz, zu meiner Zeit, als Mariae Empfängnis (8. 12.) auf dem Land noch ein Feiertag war, in der Stadt aber schon ein Geschäftsdatum, kamen wir bei Schwester Ulrika vorbei, die ich-weiß-nicht-warum im Hinterland eine große Verehrung genoß. Ihre sterblichen Überreste, ihre Reliquien lagen und liegen in Hegne, denn mittlerweile ist Schwester Ulrika seliggesprochen. Bis zum heutigen Tag mache ich ein Kreuzzeichen und versuche, durch mein Autofenster und das Friedhofstor hindurch einen heilsamen Blick auf ihre (vorletzte) Ruhestätte zu werfen, jedesmal auf dem Weg nach Konstanz. Erinnerungen zählen soviel wie das graue Haar auf dem Kopf des alten Mannes.

Und erst der »Höchsten«! Ein unrettbar prosaischer Name zwar, aber ich sah weiter als vom Schauinsland. Der Höchsten – die reine Wahrheit, denn man sah von dort bis ans Ende der Welt. Dahinter konnte nur noch das Meer und die Wüste kommen. Der Höchsten ist heute im Kreis Sigmaringen mitgefangen.

Gegen Ende meiner Jahre und hinter dem Bodensee, vom Bodensee weg und auf den Bodensee zu, wurde fast die ganze nähere Heimat von Sigmaringen gefressen. Wir hatten zwar nie etwas mit Sigmaringen zu tun (ich persönlich kam erstmals anläßlich einer Kaninchenzucht- und Leistungsschau in die dortige Stadthalle. Das war in meiner Kaninchenzeit, die sehr kurz gewesen sein dürfte und eine Ewigkeit zurückliegt. Weitere Anknüpfungspunkte gegen Norden hin gab es nicht. Es handelte sich schlicht um eine falsche Richtung). Die Sigmaringer Gefangenschaft hat Stuttgart zu verantworten, wenn man so will, ein Reichenauer in Stuttgart, der damalige Innenminister, dessen Name ich vergessen habe. Heute müßte ich mit meinem falschen SIG am See herumfahren, diesem auf der ganzen Welt ungeliebten Kennzeichen, das nur noch von BL, RT, BB und S übertroffen wird. Dem Nachbardorf glückte es gerade noch: Mindersdorf kann nun mit seinem KN-AX herumfahren. Die anderen haben ihr FN bekommen, da stimmt auch schon nicht mehr alles. Als die Bodensee-Fernwasserleitung gebaut wurde, steigerte sich der Groll gegen den Norden noch einmal. Er wurde nur noch übertroffen durch die vagen Ängste, ausgelöst durch die Pläne und Trassenführungen, die alle Jahre wieder im *Südkurier* abgebildet waren und der Bodenseeautobahn galten. Über die Legislaturperioden verstreut, kam immer wieder meine nächste Heimat ins Spiel. Irgendein Landrat oder sonst eine Verwaltungsgröße hatte einen neuen Strich auf der Landkarte gezogen, geradewegs über mich hinwegführend, wie ich der Abbildung im *Südkurier* entnehmen konnte.

Bodensee – kein Name für so etwas Schönes. Verlegen sagen die Einheimischen auch nur: der See. Wenn schon, dann d'Boddeseeee. Auf dem Fahrradtacho konnte ich die Distanz in Kilometern ablesen, die Nähe zum Haldenhof. Von wo aus sollte ich heute messen?

Im Sommer – mir scheint nur im Sommer – die Schwanenhälse über dem Wasser, diese grazilen Fragezeichen.

Einen Sinn für den Tod haben sie nicht. Grabsteine werden hierzulande früher abgeräumt als anderswo. Es muß immer das Neueste sein, auch die Grabsteine mit den dazugehörenden Namen sollen in die Zeit passen. Grabsteindesign. Um die Grabsteine ist es eigentlich nicht schade, aber um ihre Häuser, ihre vorletzten Adressen. Kaum ein Fachwerkhaus konnte sich retten, die schönen Dörfer am und hinter dem See sind einfach verschwunden, mag es auch noch von Fall zu Fall einen Landgasthof geben, wo man »mein Bier« sagt und trinkt. Soviel Unzulänglichkeit gibt es nicht einmal in der Rheinebene, wo alles auf Fluktuation eingestellt ist, auf die schnelle Durchreise. Und schon stoße ich auf weitere Ungereimtheiten. Auch liebenswürdige sind darunter, zum Beispiel: 1. das (»fast«) medi-

Der Rückweg war ein Abstieg, aber auch da gab es noch Anhaltspunkte, lebenswerte Augenblicke. Der Tag war schon vermischt mit den Morden, Justizirrtümern, verbrannten Zeppelinen und Almdudlern von Damüls und dem Glauben, daß es nichts Schöneres geben kann als einen solchen Tag. Es folgte noch das »Bräuhaus« zu Helmsdorf und dann wieder der »Engel« in Owingen als letzte Einkehr, wo noch ein allerletztes Mal eine kalte Platte bestellt wurde. Zu Hause angekommen, war es immer noch Tag. Damals wollte ich alles festhalten. Aber es ging, und es ging nicht. Was ist der See anders als ein See?

Was weiß er von mir? Es gibt eine Hierarchie der Erinnerung. Sie ist ein Wasserfall, der auf den See zuläuft, vom Hinterland aus. Der Abgeordnete erinnert sich an eine Einladung beim Präsidenten, dieser an eine Audienz beim Papst, dieser an ein Privatgespräch mit Gott. Die Erinnerung ist ganz einseitig. Was weiß der See von mir und meinem Hinterland? Unten weiß man wenig von ihm. Ab und zu verirrt sich ein Seehas nach oben, wenn es zu eng wird am See, auf dem See. Mir gefällt die Höhe. Von da fahre ich hinunter. Aber nur, wenn ich will.

Vom Hinterland der Erinnerung aus zu ihren Lieblingsorten. Denen ohne Namen, denen mit Namen: St. Gallen, zum Beispiel, weil es am Fuß meines Lieblingsberges liegt. Weil der heilige Otmar, das Haupt unserer Otmarsbruderschaft, Abt von St. Gallen war. Weil die schönste Übersetzung der Psalmen ins Deutsche in St. Gallen gemacht, nein: gedichtet wurde. Weil mein erstes Büchlein in St. Gallen erschienen war. Bis dahin hatte ich nur einen Leserbrief im *Südkurier* veröffentlicht. Denen ohne Namen: Stall der Hängebauchschweinchen auf der Mainau. Vom Hinterland der Erinnerung aus zu ihren nicht genau lokalisierbaren Lieblingsorten: der Stelle, von der aus Hölderlin auf seiner letzten Fußreise zum ersten Mal den See gesehen hat.

Oder zu jener Stelle im letzten Gedicht Gottfried Benns: »In jenem kleinen Bett, fast Kinderbett, starb die Droste (zu sehn in ihrem Museum in Meersburg)«. Oder zu jener Stelle, auf die vom See her das Licht fiel, dem Platz, an dem Julius Bissier seine Bilder malte, dem Haus in Hagnau, das es nicht mehr gibt. Er ist mein Lieblingsmaler von allen, die bisher am See lebten. Er war 1939 aus Freiburg hierher gekommen. Doch selbst in Freiburg, das er als eine Art Flüchtling verließ, gibt es heute eine Straße, eine Straßenbahnlinie und eine Gedenktafel am Geburtshaus, ihm zu Ehren. Was blieb von Bissier in Hagnau?

Ein halbes Jahr habe auch ich am See gelebt, in einem von Fremden eroberten und besetzten Stadtteil von Überlingen. Dort schrieb ich an meiner erfundenen Autobiographie, dem autobiographischen Märchen »Ich war einmal«. Ich war nur Gast in dieser Gegend, aufgeschreckt von den Geräuschen eines automatisch versenkbaren Garagentores und von an- und abreisenden Gästen, denen der See nichts anderes ist als eine prachtvolle Kulisse und eine sichere Investition. Und floh.

Sich auf das sichere Vorfeld der Erinnerung begeben? Schon einmal war ein Besucher aus Rast unangenehm aufgefallen. Zwar nicht in Überlingen, sondern in Konstanz, vor 500 Jahren. Und nur wegen ungebührlichen Betragens bei Tisch und nicht wegen nichts als Erinnerungen, erfundenen Erinnerungen in Form eines kleinen Buches. Damals (vom hohen Mittelalter bis zum Beginn des 19. Jahrhunderts) gehörte unser Dorf zum Kloster Petershausen, längst aufgelöst, die romanische Kirche abgerissen. Aber es gibt eine Chronik, der ich entnehmen kann, daß der Gast aus Rast an der Tafel des Bischofs von Konstanz mit Händen und Füßen gegessen hat. Der Chronist vergleicht ihn mit einem bestimmten Tier.

Der Bodensee, der See meiner Erinnerungen, der Fluß meiner Erinnerungen, ihr ungeregeltes Leben, mitreitend nach Aftholderberg zum Eulogiusritt, ins Herz des Linzgaus, mitgetragen pränatal in die Birnau (dunkle Erinnerungen), am Fuß der Kanzel sitzend, als Kind von der Kanzel herunter als verloren gemeldet von einem Redemtoristenpater, der zur Volksmission unter uns weilte und aus seinem Kommunistenhaß heraus sich bei der anschließenden Traktorenweihe weigerte, roten Fahrzeugen seinen Segen zu geben. Was bedeutete das schon! Nach dem Wort Gottes wartete an einem schönen Sonntag der See in seiner ganzen Herrlichkeit.

Das ist alles, was ich noch weiß. Es gibt nichts als Erinnerungen. Noch eine Lieblingsstelle am

See. Hölderlins See. Auch er war nur auf der Durchreise, aber wie!

Hälfte des Lebens

Mit gelben Birnen hänget
Und voll mit wilden Rosen
Das Land in den See,
Ihr holden Schwäne,
Und trunken von Küssen
Tunkt ihr das Haupt
Ins heilignüchterne Wasser.

Weh mir, wo nehm ich, wenn
Es Winter ist, die Blumen, und wo
Den Sonnenschein,
Und Schatten der Erde?
Die Mauern stehn
Sprachlos und kalt, im Winde
Klirren die Fahnen.

Das literarische Programm

INTERNATIONALE LITERATUR

EDITION ISELE

HEIDELSTRASSE 9 · D-79805 EGGINGEN